suhrkamp taschenbuch 5344

W0205229

Johann Farak, 41, ist verschwunden. Doch außer seiner Schwester scheint ihn niemand zu vermissen. Er war ein Trinker, heißt es, er hat auf Holzbretter Bilder gemalt, die nichts taugen, sagen die Leute. Dann taucht eine geheimnisvolle junge Frau auf – und Kommissar Tabor Süden begreift plötzlich, was für ein trauriges Leben Johann Farak bisher geführt hat und dass er vielleicht gar keine Wahl hatte, als dieses Leben hinter sich zu lassen ...

Friedrich Ani, geboren 1959, lebt in München. Er schreibt Romane, Gedichte, Jugendbücher, Hörspiele, Theaterstücke und Drehbücher. Sein Werk wurde in mehrere Sprachen übersetzt und vielfach prämiert, u. a. mit dem Deutschen Krimipreis, dem Adolf-Grimme-Preis und dem Bayerischen Fernsehpreis. Friedrich Ani ist Mitglied des PEN Berlin.

Aus der Süden-Reihe sind zuletzt bei Suhrkamp erschienen: *Der Straßenbahntrinker* (st 5297), *Der Luftgitarrist* (st 5298), *Das Gelöbnis des gefallenen Engels* (st 5299), *Das Geheimnis der Königin* (st 5345) und *Der Narr und seine Maschine* (st 5020).

Friedrich Ani

DIE FRAU MIT DEM HARTEN KLEID

Ein Fall für Tabor Süden

Suhrkamp

Der hier vorliegende Text erschien zunächst 2002
unter dem Titel *Süden und die Frau mit dem harten Kleid*
bei Droemer Knaur, München.

Klimaneutral
Druckprodukt
ClimatePartner.com/14438-2110-1001

Erste Auflage 2023
suhrkamp taschenbuch 5344
Neuausgabe
© Suhrkamp Verlag AG, Berlin, 2023
Alle Rechte vorbehalten.
Wir behalten uns auch eine Nutzung des Werks
für Text und Data Mining im Sinne von § 44b UrhG vor.
Umschlaggestaltung: Lübbeke, Naumann, Thoben, Köln
Umschlagfoto: DEEPOL by plainpicture
Druck und Bindung: CPI books GmbH, Leck
Printed in Germany
ISBN 978-3-518-47344-3

www.suhrkamp.de

DIE FRAU MIT DEM HARTEN KLEID

Ich arbeite auf der Vermisstenstelle der Kripo und kann meinen eigenen Vater nicht finden.

Tabor Süden

1

Dies ist die Geschichte von Johann Farak, deinem Vater, von dem du nichts wusstest. Auch ich weiß wenig von ihm, und was ich über ihn erfahren habe, beruht auf Aussagen von Leuten, die ihn zwar gekannt, aber selten ernst genommen haben, die meisten hielten ihn für einen Spinner, einige für einen Versager, andere für einen Alkoholiker. Ich halte ihn für einen Lebenskünstler, der gescheitert ist, und das ist in meinen Augen keine Schande.

In dem Bericht, den ich dir schicke, tauchen Menschen auf, die dir vollkommen unbekannt sein mögen, die aber dennoch Teil deines Lebens sind, auch wenn du sie nie bewusst wahrgenommen hast. Einigen von ihnen bist du begegnet, hast mit ihnen gesprochen, flüchtig, wie man mit jemandem spricht, den man nach dem Weg fragt oder im Gasthaus um die Speisekarte bittet und sich dabei nach dem Gericht erkundigt, das der andere gerade isst.

Ich kam mit ihnen als Sachbearbeiter im Fall der Vermissung deines Vaters in Kontakt, und manches von dem, was sie schilderten, verwendete ich für meine offiziellen Akten, vieles davon nicht. Dies steht nun auf den folgenden Seiten. Natürlich hätte ich, obwohl du mir das verboten hast, versuchen können, dich zu treffen und dir die Geschichte zu erzählen. Aber ich weiß nicht einmal, ob ich so lange hätte sprechen wollen. Ich bezweifele es. Zu schweigen fiel mir immer schon leichter, als zu sprechen, und das Briefeschreiben ist eine gute Möglichkeit, beides gleichzeitig zu tun.

Dieser Bericht enthält also die Geschichte deines Vaters aus der Sicht von Personen, die ihm nahestanden, ohne dass er selbst, so scheint mir heute, besonderen Wert auf ihre Nähe gelegt hätte. Vor allem schildere ich dir meine eigenen Beobachtungen und Vermutungen und Interpretationen. Der Grund, warum ich in den vergangenen zwei Wochen jede Nacht an dem Tisch in meinem Zimmer mit den gelben Wänden saß und schrieb, war: Ich wusste nicht, wohin mit diesen Erzählungen von Fremden, die um einen Mann kreisten, der mir nicht fremd ist, obwohl ich ihn so wenig kenne wie du. Vielleicht begreifen wir auf diesem Weg beide, worum es Johann Farak in diesem Leben ging, auch wenn es, glaube ich, nicht die geringste Rolle spielt, ob wir es begreifen oder nicht. Aber immerhin bist du seine Tochter und der einzige Mensch in eurer zerrissenen Familie, der die Tapetentür nicht nur bemerkt, sondern sogar geöffnet hat.

Die Polizeidienststelle in Münzing liegt in einer Seitenstraße gegenüber einer Bäckerei, was günstig war, da meine Kollegin Sonja Feyerabend vor der Fahrt aufs Land von nichts anderem gesprochen hatte als davon, dass ihr am Morgen nicht vergönnt gewesen war, in Ruhe ihren Kaffee auszutrinken. Sie hatte verschlafen und um acht Uhr einen Termin beim Zahnarzt, und bevor sie die Wohnung verließ, erhielt sie einen Anruf vom Leiter unseres Kommissariats, der ihr eine aktuelle Änderung im Dienstplan mitteilte. Anschließend musste sie beim

Zahnarzt wegen eines Notfalls dreißig Minuten warten, umplärrt von zwei ihrer Meinung nach hyperneurotischen kleinen Kindern, die, wie Sonja vermutete, möglicherweise eine taube Mutter hatten. Diese habe ungerührt zwanzig Illustrierte gelesen, von denen sie jede Seite in atemberaubender Geschwindigkeit und mit einem Höchstmaß an Rascheln umblätterte. Und als Sonja wieder gehen wollte, erklärte ihr die Sprechstundenhelferin so laut, dass ihre Stimme in dem Vorraum widerhallte, einen neuen Termin könne sie allenfalls in drei Wochen bekommen.

Mit Sonja Feyerabend nach Münzing zu fahren war ein spezielles Vergnügen.

Nachdem wir am ersten Café im Dorf vorbeigefahren waren, wollte sie impulsiv wenden. Im letzten Moment bemerkte sie auf der Gegenfahrbahn einen Mopedfahrer.

Ich saß auf der Rückbank hinter dem Beifahrersitz und hielt Ausschau nach dem blauen Schild der Dienststelle. Wir fanden sie schnell. Und Sonja sah die Bäckerei und hinter den Fenstern die weißen Stehtische und klatschte wie ein glückliches Mädchen in die Hände.

»Und jetzt erzählen Sie«, sagte sie. Die erste Tasse hatte sie wortlos getrunken, dazu aß sie ein Croissant, danach noch ein zweites. Wir bestellten beide einen weiteren Kaffee. Auch auf der Fahrt hatte sie, abgesehen von einer Frage auf der Autobahn, den Mund nicht aufgebracht.

»Die nächste raus?«

»Die übernächste.«

Das Schweigen hatte mich nicht gestört, wie du dir denken kannst.

»Seine Schwester hat ihn als vermisst gemeldet«, sagte ich und sah hinüber zu dem flachen Gebäude, in dem die Polizei untergebracht war. Auf einem DIN-A4-Blatt hatte ich mir Notizen gemacht, außerdem hatte ich eine Kopie der VVA dabei, der vorläufigen Vermisstenanzeige, die die Kollegen in Münzing aufgenommen hatten. Da dein Vater seit ungefähr fünfzehn Jahren in der Landeshauptstadt lebte, gehörte der Fall zu unserem Dienstbezirk, andererseits war er in Münzing aufgewachsen und hatte hier nach wie vor offiziell seinen zweiten Wohnsitz. Wir hätten keinen Anlass gehabt, am selben Tag, an dem uns die Kollegen die Anzeige per Mail übermittelten, aufzubrechen, um eigene Recherchen anzustellen, wenn Polizeiobermeisterin Susanne Berkel nicht angerufen und uns eindringlich gebeten hätte zu kommen. Gemeinsam mit einem Kollegen hatte sie die aufgeregte und verweinte Frau an diesem Morgen vernommen. Und sie sei, erklärte Susanne Berkel am Telefon, überzeugt, dass die Frau, auch wenn sie angetrunken und verwirrt gewesen sei, die Wahrheit gesagt habe.

»Wie heißt die Frau?«, fragte Sonja Feyerabend.

»Mathilda Ross.«

»Wieso ist sie sich so sicher, dass ihr Bruder verschwunden ist?«

»Sie hat heute Geburtstag, angeblich ruft er jedes Jahr morgens um sieben bei ihr an, um zu gratulieren.«

»Ist das ein Witz?« Sonja warf einen Blick zur Theke, wo reihenweise frisches Gebäck lag.

Ich hatte nur Kaffee getrunken, doch je länger ich dorthin sah, desto hungriger wurde ich. »Das ist kein Witz.«

»Das ist doch kein Grund, jemanden als vermisst zu melden.« Sie wurde ungehalten und glaubte, wir seien nur wegen der Launen einer Frau, die morgens um acht betrunken war, und einer übereifrigen Kollegin vierzig Kilometer weit gefahren.

Zu allem Überfluss kamen in diesem Moment drei Schulkinder in die Bäckerei, die sich leidenschaftlich anschrien.

»Du hast überhaupt nix kapiert, du blöder Depp.«

»Du auch nicht.«

»Ich krieg aber von meiner Mama noch fünf Euros und dann kauf ich mir die Böller.«

Mit ihren Rucksäcken rempelten sie Sonja an und schrien ihre Bestellung über die Theke.

»Eine Breze.«

»Für mich auch!«

»Und für mich auch.«

Sonja setzte sich ihre schwarze Lederschirmmütze auf und verließ eilig den Laden.

»Wiedersehen«, sagte ich zu der Verkäuferin, nachdem ich bezahlt hatte.

Draußen war es kalt, ein schneeiger Wind wehte. Kein Funken Sonne.

Ich lief Sonja hinterher.

»Der Mann hat Selbstmordabsichten«, sagte ich.

»Ah ja?«

»Die Kollegin sagt, sie glaubt der Schwester.«

»Ich nicht.«

An diesem Freitag wären die Menschen, die Sonja Feyerabend über den Weg liefen, vermutlich besser zu Hause geblieben.

Bevor ich die Klingel an der Tür der Inspektion drückte, nahm ich Sonjas Hand und legte sie an meine Wange, kalt auf kalt.

»Sie sollten sich mal rasieren«, sagte sie.

Wie es in der Polizeidienstvorschrift heißt, gilt eine Person als vermisst, wenn sie ihren gewohnten Lebenskreis verlassen hat und ihr Aufenthalt unbekannt ist. Handelt es sich um Kinder, Jugendliche, verwirrte oder kranke Menschen, leiten wir sofort eine Fahndung ein. Bei Volljährigen, die verschwunden, aber nicht hilflos oder psychisch labil sind, muss eine konkrete Gefahr für Leib und Leben bestehen, sonst sind wir nicht zuständig. Unter »konkrete Gefahr« fällt die Möglichkeit einer Straftat, der ein Vermisster zum Opfer fallen könnte, ebenso wie der Verdacht auf Suizid. Nur unter diesen Umständen starten wir vom Kommissariat 114 aus eine INPOL-Fahndung, was bedeutet, wir geben Daten über die vermisste Person in unser Informationssystem ein, an das auch das Landeskriminalamt angeschlossen ist, wo die Kollegen unsere Angaben mit denen über unbekannte Tote vergleichen.

Ergeben sich nach einiger Zeit keine neuen Erkenntnisse und bleibt die Person verschwunden, füllen wir Formblätter mit weiteren, exakteren Details aus, die wir dann auch ans Bundeskriminalamt schicken. Über dessen zentrale Suchstelle »Sirene« werden sämtliche Länder informiert, die das Schengener Abkommen unterzeichnet haben. Außerdem arbeitet das BKA mit der »Vermi/Utot-Datei«, in der die Daten über Vermisste und unbekannte Tote aus allen sachbearbeitenden Dienststellen der Bundesrepublik gespeichert und für jeden zuständigen Kommissar abrufbar sind. Müssen wir die Fahndung über das BKA und »Sirene« ausweiten, schalten wir Interpol ein. Parallel dazu bitten wir die Presse und den ADAC um Mithilfe. Als erledigt gilt ein Fall – nach unseren »Richtlinien für die Führung polizeilicher personenbezogener Sammlungen« – frühestens dreißig Jahre nach der Vermisstenmeldung.

Als wir an jenem siebzehnten November, Sonjas schwarzem Freitag, das Polizeirevier am Falkenweg in Münzing betraten, waren wir von der Lösung des Falles deines Vaters unendlich weit entfernt. Und beim Verlassen des Dienstgebäudes nach einer Stunde kam es mir vor, als hätte sich die Entfernung vergrößert.

Lange saßen wir im Wagen, bevor wir uns auf den Weg zu dem Haus machten, in dem Mathilda Ross wohnte. Das Haus lag auf dem Grünerberg, einem Hügel am Rand des Dorfes mit einer schmucklosen Siedlung aus den sechziger Jahren, lang gezogene Blocks, gleichförmige Fassaden, leere Blumenkästen vor den Fenstern, Wäschestangen auf grauen Wiesenflächen.

Bist du je dort gewesen?

Ich dachte an Polizeiobermeisterin Susanne Berkel, die nahezu ununterbrochen geredet und erklärt hatte, sie sei vollkommen sicher, dass deine Tante die Wahrheit gesagt habe und wir deinen Vater unbedingt finden müssten, bevor er sich das Leben nehme.

»Warum sind Sie sich da so sicher?«, hatte Sonja gefragt.

Und Susanne Berkel hatte fast geschrien: »Weil ich das spüre!«

Hinter den beschlagenen Scheiben des Autos verschwand die Umgebung.

Sonja saß auf dem Fahrersitz, ich hinten, wie immer, und wir schwiegen.

Nach einigen Minuten sagte Sonja: »Sie weiß etwas, das wir nicht wissen.«

Ich sagte: »Vielleicht.«

Dann warf Sonja einen Blick auf die Aktenhülle auf dem Beifahrersitz. Ich hatte die drei Seiten der vorläufigen Vermisstenanzeige und meine Notizen darin zusammengeheftet.

»Sollen wir klären lassen, ob es Verbindungen zwischen der Kollegin und der Familie des Vermissten gibt?«

»Nein.«

Wieder war es still. Dann wandte Sonja den Kopf zu mir. »Warum nicht?«

»Zu viel Aufwand.«

Die Antwort brachte sie zum Lächeln. Kurz vor Mittag ihr erstes Lächeln. Und ich bildete mir ein, der Rest ihres Gesichts wunderte sich darüber, jedenfalls schien ihr Blick Irritation auszudrücken.

»Was denken Sie gerade?«, fragte sie.

»Ich rätsele über Ihre grünen Augen.«

»Was gibt's da zu rätseln?«

»Das ist ein Geheimnis«, sagte ich und öffnete die hintere Wagentür.

Wir gingen zum Haus. Hinter den Wohnblocks stieg der Hügel weiter an, dicht bepflanzt mit Nadelbäumen, die im grauen Licht dunkel und abweisend wirkten. An einigen Fenstern sah ich ein Gesicht, ältere Frauen, die uns beobachteten. An der Wand neben der Tür, an der wir klingelten, lehnte ein Mountainbike; das Hinterrad fehlte.

»Wer ist da?«, hörten wir eine Stimme in der Sprechanlage.

»Kriminalpolizei, mein Name ist Sonja Feyerabend. Sind Sie Frau Ross?«

Sie empfing uns in Mantel und Stiefeln.

»Ich wollte grade gehen«, sagte sie.

Wir standen nicht direkt vor ihr, aber ihre Fahne war unüberriechbar.

»Wir würden gern mit Ihnen sprechen«, sagte Sonja. »Oder hat sich Ihr Bruder in der Zwischenzeit gemeldet?«

»Nein«, sagte sie sehr leise, blickte zu Boden und machte einen Schritt zurück in die Wohnung.

Wir folgten ihr. Sie schloss die Tür, und wir standen zu dritt im engen Flur.

Mathilda Ross war neununddreißig Jahre alt, sie hatte halblange blonde Haare und ein Gesicht, das vielleicht vom Trinken aufgedunsen war, vielleicht von der Einnahme starker Tabletten, vielleicht von Verzweiflung. Sie war nicht dick, aber als sie ihren Wollmantel auszog, der ihr bis zu den Knien reichte, kam ein unförmiger Körper zum Vorschein, wie der von jemandem, der vor langer Zeit aufgehört hatte, auf sich zu achten. Sie hängte den Mantel an den Haken einer Leiste, an der noch andere

Mäntel und Jacken hingen, alle in Grau- und Brauntönen. Sie drehte sich wieder zu uns um und sah uns reglos an.

Mir gefiel, dass es nach Tannennadeln und Walderde roch. Wahrscheinlich strömten die Jacken und Bergschuhe, die neben anderen Schuhen auf Zeitungspapier unter den Kleidungsstücken standen, diesen Geruch aus.

»Dürfen wir uns setzen?«, fragte Sonja.

»Ja«, sagte Frau Ross sofort, ebenso leise wie zuvor.

Im Wohnzimmer schaltete sie das Licht an. Die Wohnung lag im Parterre und die Zimmerdecken waren niedrig und die Fenster schmal.

Meinen kleinen karierten Block in der Hand, wartete ich, bis Mathilda Ross sich uns gegenüber hingesetzt hatte, auf die braune Couch, genau in die Mitte.

Sonja legte ihren DIN-A4-Block auf den Tisch, dazu die VVA, meine Notizen und einen Standardfragebogen, den sie nur mitgenommen hatte, weil sie erst seit Kurzem auf der Vermisstenstelle arbeitete und keine wesentliche Frage vergessen, vor allem aber, weil sie sich nicht von mir korrigieren lassen wollte.

Sie saß derart konzentriert auf ihrem Stuhl, dass sie vergessen hatte, ihre Mütze abzunehmen. Ich musste an gewisse Damen in Cafés denken, die ihre Hüte, so grotesk es auch aussehen mochte, niemals abnahmen, und ich dachte, vielleicht übt Sonja schon fürs Alter.

»Frau Ross …«, begann Sonja.

»Entschuldigung«, unterbrach sie Frau Ross. »Wollen Sie was trinken? Ich hab Kaffee oder …«

»Nein«, sagte Sonja.

»Danke«, sagte ich.

»Stimmt es, dass Sie Ihren Bruder vor einem Jahr zum letzten Mal gesehen haben?«, fragte Sonja.

Mathilda Ross nickte.

»Heute vor einem Jahr.«

Sie nickte.

»An Ihrem Geburtstag.«

Sie nickte.

Wir hatten beide vergessen, ihr zu gratulieren.

»Herzlichen Glückwunsch«, sagte Sonja jetzt.

»Herzlichen Glückwunsch«, sagte ich.

»Danke.«

»Und im letzten Jahr hat Ihr Bruder angekündigt, er wolle sich umbringen«, sagte Sonja.

So stand es in der Aussage, die uns die Münzinger Kollegen gemailt hatten.

Mathilda Ross nickte.

»Hat er einen Grund genannt?«

»Er ist …« Sie drehte den Kopf zur Seite. Dann sah sie zwischen uns hindurch. »Er hat keine Kraft mehr, er ist … er weiß nicht mehr, was er tun soll, er hat kein Geld, er arbeitet, aber … Mein Bruder ist Maler von Beruf …«

Auch das stand in dem Bericht.

Sie suchte nach Worten, vergrub eine Hand in ihren Haaren und hielt die andere waagrecht, wie um zu testen, ob sie zitterte. Die Hand zitterte leicht, und sie legte sie aufs Knie. Lauter ungelenke Bewegungen und ihr Blick fand im Zimmer keinen Halt. Immer wieder sah sie in die eine Richtung, dann in die andere, betrachtete die Möbel, die schlicht und alt waren, und stützte sich dann mit beiden Händen auf der Sitzfläche ab, als wolle sie jeden Moment aufstehen.

»In letzter Zeit ... in den letzten Jahren hab ich ihm Geld geschickt, nicht viel, ich verdien ja auch nicht viel, ich arbeite in einer Gärtnerei ... obwohl ich ausgebildete Floristin bin ... Ich hab ... Wenn ich was übrig hab, schick ich's ihm, mal zwanzig, mal fünfzig Euro, ich schick's mit der Post, das ist am unauffälligsten, ist noch nie was weggekommen ...«

»Frau Ross«, sagte Sonja.

Ich ahnte, worauf sie hinauswollte. Geschichten, die einen Fall nicht voranbrachten, machten sie unruhig. Sie redete sich dann ein, jemand stehle ihr kostbare Zeit.

»Frau ...«

»Ja?«, sagte Mathilda schnell.

»Außer Ihnen hat niemand Ihren Bruder als vermisst gemeldet, keiner seiner Bekannten und Freunde aus München, wo er lebt. Denen würde doch auch auffallen, wenn er plötzlich verschwunden wäre ...«

»Nein«, sagte Mathilda mit der gleichen leisen Stimme wie bei unserer Begrüßung. »Das fällt niemand auf, wenn der Hanse – wenn der Johann weg ist, der ist doch oft weg, dann bleibt er tagelang in seinem Zimmer und schläft und will niemand sehen, kann ich gut verstehen ...«

Sonja nahm die Blätter aus der Aktenhülle. »Ihr Bruder wohnt in der Bauerstraße, wir haben die Adresse überprüft, zwei Kollegen von uns waren dort, niemand hat ihnen aufgemacht. Möchten Sie, dass wir die Wohnung aufbrechen lassen?«

»Wozu denn?«

»Es ist doch möglich, dass Ihr Bruder einfach nur schläft, und Sie machen sich unnütz Sorgen.«

»Er schläft nicht«, sagte sie und sah Sonja in die Augen. »Heut ist mein Geburtstag, da schläft er nicht, er ist weggegangen, um sich … um sich umzubringen. Wieso glauben Sie mir nicht?«

Sie stand auf, ging zu einem niedrigen weißen, abgeschabten Bücherschrank, auf dem mehrere Flaschen Rotwein und Gläser standen. Sie schenkte sich ein Glas ein und trank.

»Ich darf das, ich hab heut Geburtstag«, sagte sie.

»Zum Wohl«, sagte ich.

Sonja warf mir einen Blick zu, den ich nicht beachtete.

Während Mathilda das Glas erneut an die Lippen setzte, stand Sonja ebenfalls auf. »Haben Sie eine Ahnung, wo sich Ihr Bruder aufhalten könnte?«

»Nein, das hab ich doch schon gesagt, nein, weiß ich nicht, weiß ich nicht, deswegen bin ich zur Polizei gegangen, sonst hätt ich ihn ja selber gesucht.«

Ich sagte: »Ihr Bruder ist einundvierzig, er kann tun, was er will, vielleicht ist er einfach verreist, vielleicht schläft er in seiner Wohnung, niemand kann ihn daran hindern. Er ist erwachsen, er ist frei in allen seinen Entscheidungen.«

»Ist er nicht«, sagte Mathilda und stellte das Glas hin.

»Bitte?«, fragte Sonja.

Weder sie noch ich hatten, seit wir in diesem Zimmer waren, auch nur ein Wort notiert.

»Frei in seinen Entscheidungen … Sind Sie das?« Mathilda sah mich an.

»Nein«, sagte ich.

»Na also«, sagte sie. »Ich auch nicht. Und er auch nicht. Er besonders nicht. Er war auf andere angewiesen, immer, zum Glück hatte er Andrea, die hat das Geld verdient und ihn sein lassen ...«

»Wer ist Andrea?«, fragte ich. Von ihr stand nichts in dem Bericht.

»Seine Freundin, sie haben zusammengewohnt, jetzt nicht mehr, sie hat ihn rausgeschmissen, jetzt ist er von jemand anderem abhängig ...«

»Von wem?«, fragte Sonja und klopfte mit den Blättern nervös auf ihre Hand.

»Weiß ich nicht.«

»Frau Ross«, sagte Sonja und ging auf sie zu. »Sie haben heute Geburtstag und Sie sorgen sich um Ihren Bruder. Gut. Wir helfen Ihnen. Wir nehmen Sie nach München mit, dann lassen wir die Wohnung Ihres Bruders öffnen und sehen nach, ob er da ist. Sind Sie damit einverstanden?«

Sie antwortete nicht.

Ich sagte: »Wir wollen Ihnen nichts vormachen, Frau Ross, wir können Ihre Vermisstenanzeige noch mal aufnehmen und sie in unseren Computer eingeben, damit alle Polizeiinspektionen Bescheid wissen. Aber da passiert nichts weiter. Weil wir nichts Konkretes in der Hand haben, weil wir eigentlich der Meinung sind, Ihr Bruder taucht morgen oder übermorgen oder in ein paar Tagen wieder auf. Und was sollen wir an konkreten Angaben in die Anzeige reinschreiben? Frau Ross ...«

Sie hatte den Kopf gesenkt. Ratlos stand Sonja vor ihr.

Und ich war mir selbst nicht mehr sicher, ob unser Aufwand gerechtfertigt war. Die Frau war betrunken, sie war in einer miesen Verfassung, vermutlich war ihr Bruder der Einzige, der sie an ihrem Geburtstag anrief, sie hatte niemanden, der sich um sie kümmerte, offenbar hatte sie niemandem von ihrem Besuch bei der Polizei erzählt, nichts in dieser Wohnung deutete darauf hin, dass sie heute Vormittag Besuch bekommen hatte. So wie es aussah, hatte sie einen freien Tag, sie trank mit sich selbst und wartete auf den Anruf ihres Bruders, seit sieben Uhr morgens. Vielleicht wollte sie bloß Aufmerksamkeit erregen, vielleicht wollte sie bloß mit jemandem sprechen, eine andere Stimme hören außer ihrer eigenen. Und vielleicht hatte sie ein Recht dazu an ihrem Geburtstag.

Trotzdem musste ich ihr erklären, weshalb wir zögerten und womöglich den Eindruck erweckten, wir würden an ihrer Aufrichtigkeit zweifeln.

»Wir können keine genauen Angaben zur Person machen«, sagte ich und drehte den Stuhl, damit ich mir nicht länger den Hals verrenken musste. Aber aufstehen wollte ich nicht. »Sie haben Ihren Bruder vor einem Jahr zuletzt gesehen, wir wissen nicht, ob sich sein Äußeres verändert hat. Wir wissen nicht, was er, sollte er wirklich verschwunden sein, anhat oder bei sich hat, wir wissen nichts über die Umstände seines Verschwindens, nichts über sein mögliches Ziel, und vor allem haben wir keine Ahnung, seit wann genau er verschwunden ist. Bevor wir nicht in seiner Wohnung waren und mit Nachbarn und Freunden gesprochen haben, hat eine Fahndung keinen Sinn, Frau Ross.«

»Es ist kein Problem, die Wohnung aufzubrechen«, sagte Sonja. »Nichts wird dabei beschädigt, nicht die Tür und nicht das Schloss.«

»Wozu soll man die Wohnung aufbrechen?«, sagte Mathilda Ross. »Ich hab einen Schlüssel.«

2

Bevor wir das Dorf verließen, bat sie uns, am Friedhof anzuhalten.

»Ich wollt vorhin grad los«, sagte sie.

An der Mauer, die den Friedhof zur Straße hin abgrenzte, befand sich das Grab, das Mathilda Ross aufsuchte. Auf dem Stein stand der Name Ludwig Ross. Er war fünfunddreißig Jahre alt geworden.

Statt Blumen bedeckten Tannenzweige die Erde, sorgfältig aufeinandergelegt. Grabstein und Umrandung, beides aus Marmor, wirkten frisch geputzt, und in einer grünen Plastikvase steckten fünf dunkelrote Rosen, von denen zwei verwelkt waren.

Mathilda bekreuzigte sich und versank in Schweigen.

Ich ließ sie und Sonja dort zurück und ging durch die Reihen der Gräber. Unter meinen Schuhen knirschte der Kies. Außer mir waren noch zwei Frauen unterwegs, eingehüllt in dicke Mäntel, eine von ihnen hatte grüne Gummihandschuhe an und einen kleinen metallenen Rechen in der Hand. Jedes einzelne Grab sah gepflegt aus, man hätte meinen können, die Hinterbliebenen konkurrierten miteinander um einen Schönheitspreis, den ihnen der Pfarrer an Allerheiligen persönlich überreichte, vielleicht in Form eines versilberten Latschenzweiges oder einer geweihten Schaufel.

Auch in Taging, wo ich geboren wurde und das Grab meiner Mutter ist, bietet der katholische Friedhof den Anblick einer gartenähnlichen Anlage, in der Unkraut verboten oder gar eine Sünde ist. Um das Grab meiner Mutter kümmert sich eine örtliche Gärtnerei, ich bezahle regelmäßig meinen Beitrag und sie pflanzen Veilchen und Schlüsselblumen, bringen jedes Jahr den Rosenstrauch zum Erblühen und sorgen für frische Erde und eine gelegentliche Waschaktion am Stein. Obwohl ich katholisch bin und die Kirchensteuer von meinem Gehalt abgezogen wird, bete ich nie, zumindest nicht zu einer Erscheinung namens Gott. Ich glaube, dass unser Leben einen Sinn hat und damit der Tod, doch ich weiß nicht, welchen, und wenn ich ein Gedicht von Hölderlin lese oder ein Bild von Vincent van Gogh betrachte, begreife ich, dass es Menschen gibt, die dem Geheimnis der Schöpfung näher sind als alle anderen, und dieser Gedanke tröstet mich. Solche Verse und Kunstwerke sind wie Zufluchtsorte in meiner Einsamkeit, die mich nie abweisen, in welch elender Stimmung ich mich auch befinden mag. Das ist meine Art von Religion, und sie genügt mir.

Wahrscheinlich lachst du jetzt, weil du denkst, was erzählt mir dieser Mann, der bloß ein Polizist ist, ein Beamter, dessen Existenz aus Dienstvorschriften und Bürokratie besteht, ein Ordnungshüter, der brav den Gesetzen zu folgen und den Boden der Tatsachen gefälligst nicht zu verlassen hat.

Im Grund hast du mit dieser Einschätzung Recht. Doch auch wenn ich Polizist und Beamter bin, und das seit einem Vierteljahrhundert, und eine Art personifiziertes Regelwerk darstelle, ist mir in manchen Momenten dieser Beruf bis heute so fremd wie mein gesamtes

Leben. Ich begreife dann nicht, welchen Zweck ich erfüllen soll und wozu ich jeden Morgen aufstehe, um meiner Arbeit nachzugehen. Was würde passieren, wenn ich einfach liegen bliebe, den ganzen Tag oder wenigstens bis Mittag? Nichts würde passieren. Nach einer bestimmten Zeit würde mir gekündigt werden. Und dann? Zwei, drei Menschen würden sich wundern und versuchen, mich zur Besinnung zu bringen, mich zurückzuführen in die Gemeinschaft der Normalen. Und dann, wenn ich mich weiter weigerte? Nichts. Und dieses Nichts wäre genauso sinnvoll wie meine tägliche Anwesenheit in meinem Büro im Dezernat 11. Kannst du mir das Gegenteil beweisen?

Trotz meines Berufs bedeutet mir das Alleinsein mehr als alles andere, ich sitze in meinem Zimmer und starre die gelben Wände an (das eine meiner beiden Zimmer habe ich komplett gelb gestrichen, warum, erzähle ich dir vielleicht ein andermal), Stunde um Stunde, manchmal rauche ich eine Pfeife dazu, manchmal betrinke ich mich, manchmal schlage ich die Trommel oder tanze. Und manchmal bin ich dabei nackt.

Du hast Recht: Wenn mein Vorgesetzter mich in diesem Zustand sehen würde, wäre ich nächsten Monat arbeitslos. Und vorher hätte ich noch einen Zwangstermin beim Polizeipsychologen.

Es gibt Nächte, da wünsche ich, ich hätte weniger Dunkelheit in mir. Es gibt Nächte, da wünsche ich, meine Mutter würde noch leben und ich könnte sie fragen, wie es war, als ich geboren wurde, in der ersten Stunde, als sie mich zum ersten Mal in den Armen hielt und mich anblickte. Wen sah sie in dieser Sekunde? Und wie war meine Reaktion auf ihren Blick? Es gibt Nächte, da entzieht sich mir mein Wissen, da ist es in meinem Kopf so still wie auf der Erde, bevor es Lebewesen gab. In solchen Nächten ist mein Zimmer ein Grab und die Wände kommen näher, und ich stemme mich mit beiden Händen dagegen und höre Stimmen, ein Murmeln aus dem Inneren der Steine.

Ich schwöre dir, in diesen Nächten ist mein Verlangen nach dem Leben maßlos, doch ich bin nicht fähig, mein Zimmer zu verlassen, ich muss bleiben, bis wieder der gewöhnliche Tag anbricht und mein Gesicht dasselbe ist wie immer. Vermutlich würde ich, wenn ich Dichter oder Maler wäre, in diesen Nächten etwas schaffen, das ich selbst nicht begreife und das mich gleichzeitig versöhnt mit dem Schmerz, aus dem heraus es entstand.

Bedrückt von solchen Gedanken kehrte ich zum Grab von Ludwig Ross zurück. Da stutzte ich. Den Namen, den ich auf einem Grabstein vor mir las, kannte ich: Berkel. Franz Berkel war mit dreiundfünfzig Jahren gestorben, am Stein war ein kleines Schwarzweißfoto befestigt, und ich sah das Gesicht eines relativ jungen kraftvollen Mannes.

»Ist er mit Susanne Berkel, der Polizistin, verwandt?«, fragte ich Mathilda, nachdem sie sich wieder bekreuzigt und mit einer Kusshand vom Grab verabschiedet hatte.

»Ihr Vater«, sagte sie. »Er hat sich erschossen. Er war ... er war schwermütig, er hat den Duschvorhang abmontiert, hat ihn in der Garage aufgehängt, hat sich davor hingestellt und in den Kopf geschossen. In einem Abschiedsbrief hat er geschrieben, er wollte keine Sauerei veranstalten, so bräuchte seine Frau bloß den Duschvorhang wegschmeißen mit all dem ... den Resten seines Kopfes ... Sie hat es mir selber erzählt, Erika. Susi war nicht da, sie hatte, glaub ich, schon mit der Ausbildung bei der Polizei angefangen, sie ist erst am Abend heimgekommen ... Jetzt kümmert sie sich um ihre Mutter, deswegen hat sie sich auch hierher versetzen lassen. Aber die ...«

Wir stiegen ins Auto. Mathilda setzte sich neben mich auf die Rückbank. Sonja steckte den Schlüssel ins Zündschloss und wartete.

»Die haben auch kein Glück«, sagte Mathilda. Müde lehnte sie den Kopf ans Fenster. »Erika hat sich bis heut nicht von dem Schock erholt, und Susi auch nicht, glaub ich, Susi auch nicht. Sie hat jetzt diesen Job ... Bei der Polizei muss man doch fit sein, seelisch, oder nicht?«

Sie sah mich an. Sogar das Blinzeln schien ihr schwerzufallen. Wenn sie die Lider schloss, brauchte sie eine Weile, bis sie sie wieder öffnete, und dann wirkte ihr Blick, als komme er von weit her. »Beim Schützenfest im Sommer trinken wir ein Bier zusammen, Erika, Susi und ich. Erikas Mutter und meine Mutter waren Freundinnen ...«

»Lebt Ihre Mutter noch?«, fragte Sonja.

»Ja«, sagte Mathilda. Nach einer Pause fügte sie hinzu: »Wir haben keinen Kontakt. Nachdem mein Vater nach Ägypten zurück ist, ist sie nach München gezogen. Mein Bruder hat auch keinen Kontakt zu ihr.«

»Wann ist Ihr Vater zurück nach Ägypten?«, fragte Sonja.

»Vor zehn Jahren ungefähr«, sagte Mathilda, legte die Hand flach auf die Scheibe und ihre Wange darauf. »Er hatte Sehnsucht nach seiner Heimat, er ist nach Deutschland gekommen, um zu studieren, damals, er ist Zahnarzt, er traf meine Mutter, er baute eine Praxis auf ...«

Abrupt hörte sie auf zu sprechen. Sie zog die Stirn in Falten, nahm die Hand vom Fenster, setzte sich aufrecht hin und rückte ein paar Mal hin und her. Dann zog sie den Kragen ihres Wollmantels hoch und beugte sich leicht nach vorn.

»Können wir losfahren? Ich will endlich wissen, was mit meinem Bruder ist.«

Den Grund, warum ihr Mann so früh gestorben war, hatte sie uns nicht gesagt. Wir hatten auch nicht danach gefragt.

Stumm wie auf der Hinfahrt saßen wir im Auto und fuhren zurück in die Stadt.

Einmal sagte Sonja: »Wir müssen im Dezernat anrufen.«

Ich sagte: »Hernach.«

Kurz vor dem Ende der Autobahn fing es an zu regnen, der Scheibenwischer des Lancia quietschte, und Sonja drehte die Heizung auf.

In der Tengstraße fanden wir einen Parkplatz. Bis zum Haus in der Bauerstraße waren es nur wenige Meter, wir rannten, und im Laufen holte Mathilda einen Schlüsselbund aus der Manteltasche.

Auf den ersten Blick sah die Wohnung unbewohnt aus. Im Flur stand kein einziges Paar Schuhe, keine Mäntel oder Jacken hingen am Kleiderständer, einem verchromten Teil mit spitz zulaufenden Armen. In der Küche deutete nichts darauf hin, dass hier jemand vor kurzem gegessen und getrunken hätte, das Geschirr – fünf kleine, drei große Teller, mehrere Tassen in unterschiedlichen Formen, eine weiße und eine schwarze Keramikschüssel – befand sich im mittleren Teil des Hängeregals, der Rest war leer.

Auf dem rechteckigen, schwarz gestrichenen Holztisch im Wohnzimmer lag eine Fernsehillustrierte, die das Programm bis Sonntag, den achten Oktober, angab. Ein kleiner Fernseher mit rotem Gehäuse stand auf einem Stapel Lexika, die von einer Staubschicht überzogen waren. Eine schmale grüne Couch mit Rissen und Brandflecken im Stoff, ein fast antik wirkender Holzstuhl mit hoher Lehne und geschwungenen Armstützen sowie eine Regalkonstruktion aus farbigen Brettern und Metallverstrebungen vervollständigten die Einrichtung. Auf den Brettern standen und lagen Taschenbücher, zerfleddert und teilweise vergilbt, vor allem Krimis und Kurzgeschichten, auch einige klassische Werke in Billigausgaben, unzählige Comics in auffallend unterschiedlicher Qualität und ein Band mit Märchen.

Dieses Buch nahm ich heraus und blätterte darin. Die Seiten waren zerknittert und gelblich und fühlten sich rau an. In einer Geschichte hatte jemand Sätze unterstrichen, einzelne Wörter mit blauem Kugelschreiber eingekreist und winzige Gesichter an den Rand gemalt.

»Kommen Sie bitte mal«, rief Sonja.

Ich steckte das Buch ein und ging zu ihr.

Sie stand in der Tür des Badezimmers und deutete auf die Wanne. Mathilda lehnte erschrocken am Waschbecken.

Die Wanne war bis zum Rand gefüllt mit Holzbrettern in verschiedenen Größen, zusammengerollten oder verkrumpelten gefalteten Blättern, Mappen, in denen offensichtlich Zeichnungen steckten, Dutzenden von etwa zehn auf zehn Zentimeter kleinen Gemälden, meist Gesichter in dunklen Farben, Skizzenblocks, verkrusteten Pinseln, verschmierten Paletten, hart gewordenen Lappen und Schwämmen.

»Das ist sein Werk«, sagte Mathilda Ross mit leiser Stimme.

Ich beugte mich über die Wanne. Wie du weißt, kenne ich einige Werke von van Gogh, gelegentlich besuche ich Ausstellungen und ich lese in einem Kunstbuch, ein Kenner bin ich deswegen nicht, und wie vielen Leuten rutscht mir, wenn ich ein Bild betrachte, das ich simpel finde, die Bemerkung heraus: Das könnte ich auch. Natürlich weiß ich, dass ich nichts dergleichen könnte, jedes Mal, wenn ich versuche, auch nur ein Strichmännchen aufs Papier zu bringen, starre ich fassungslos auf mein Gekrakel und denke: Das könnte jedes Kind besser.

Ich sah mir die Holzbretter, auf die mit fetter Ölfarbe Landschaften und kuriose Figuren gemalt waren, näher an und dann auch einige der Zeichnungen. Mein erster Eindruck war, dass diese Arbeiten nicht nur mir nicht gefielen, sondern dass sie tatsächlich nicht viel taugten, dass sie mit unbeholfener Hand ausgeführt waren und keine Kraft ausstrahlten und nur sehr geringen künstlerischen Wert besaßen.

Du musst verzeihen, ich spreche vom Werk deines Vaters, von seinem Lebenswerk, denn er hatte sein bisheriges Leben damit verbracht, zu malen und ein freier Künstler zu sein. Ich habe weder das Recht, über ihn noch über seine Arbeit zu urteilen. Und wenn ich sage, diese Bilder, die ich wahllos aus dem Stapel in der Badewanne herausgegriffen hatte, wirkten auf mich leer und sogar misslungen, gebe ich nur die Erschütterung wieder, die ihr Anblick bei mir auslöste. Plötzlich begriff ich die Angst, die Mathilda Ross um ihren Bruder hatte, und ich fing an, all das zu verstehen, was sie uns noch nicht gesagt und nur angedeutet hatte, und ich drehte mich so abrupt zu ihr um, dass sie erschrak. Auch Sonja sah mich irritiert an, aber ich konnte jetzt nicht sprechen. Ich drängte mich an ihr vorbei und ging hinüber ins Wohnzimmer, gegen dessen Fenster der Regen schlug.

Ich stellte mich davor. Was ich sah, war die gelbe Wand des gegenüberliegenden Hauses, nur wenige Meter entfernt, und links die Einmündung der Bauerstraße in die Tengstraße, wo Passanten mit aufgespannten Schirmen vorüberhetzten und ein störrischer Hund an einer Leine zerrte.

Und ich stellte mir vor, wie dein Vater an dieser Stelle stand und hinausschaute, auf eine Wand, die er kannte, eine Straße, die üblichen Leute, das normale Geschehen. Und dann hörte er das Schlagen der Glocken aus der nahen Josephskirche und wusste plötzlich, dass es keinen Sinn hatte weiterzumachen, dass der Aufwand sich nicht mehr lohnte und nie gelohnt hatte, dass die Zeit der Täuschung erlosch, dass alles, was er sich eingebildet hatte, Jahr um Jahr, vielleicht schon als Kind, spätestens als junger Mann, während er zum ersten Mal eine Farbe selber mischte und dann sein erstes ungeheuer expressionistisches Bild auf die Leinwand warf, nichts wert war. Dass ihn seine Illusionen nicht mehr retteten, dass nicht einmal der Alkohol mehr eine Funktion hatte und die Nüchternheit ein Alptraum war.

In meiner Vorstellung stand er dicht an der kalten Scheibe, hauchte diese an, trat einen Schritt zurück und sah einen grauen runden Fleck, der sich windschnell auflöste. Wie seine Existenz. Und atemlos raffte er sein Zeug zusammen, schmiss es wie Gerümpel in die Badewanne, stopfte, was sonst noch überflüssig geworden war, in einen Müllsack, spülte vielleicht das Geschirr ab und verschwand. Den Müllsack warf er in den Container, und als er den schweren Metalldeckel nach unten zog, hatte er den Eindruck, über ihm selbst würde eine Luke geschlossen und er hätte nicht mehr die Kraft, sich dagegenzustemmen.

Danach schlug er einen Weg ein, auf dem er verloren ging.

Und seine Schwester ahnte dies. Auch sie, vermutete ich, hatte auf einmal Zweifel an allem, was Johann Farak betraf, besonders an seiner Arbeit, an seiner Kunst, und es war ihr klar, dass der Moment, in dem ihr Bruder etwas Ähnliches dachte, eine Katastrophe bedeutete, die er nicht überstehen würde.

Und weil er, zum ersten Mal, an ihrem Geburtstag

nichts von sich hören ließ und schon im vergangenen Jahr unheilvolle Andeutungen gemacht hatte, alarmierte sie die Polizei, anstatt vorher nach München zu fahren, um selbst herauszufinden, warum er sich nicht meldete. Wie wir bald erfuhren, war das Telefon in seiner Wohnung abgestellt, er hatte die Rechnungen nicht mehr bezahlt.

Natürlich behielt ich meine Überlegungen für mich. Für eine Kriminalistin wie Sonja Feyerabend zählten Fakten oder zumindest plausible Vermutungen. Außerdem hoffte ich, Mathilda würde von sich aus anfangen zu sprechen.

Und das tat sie dann auch, in einem italienischen Restaurant unweit des Hohenzollernplatzes, wohin wir sie zum Essen einluden.

»Ich zahl selber«, sagte sie, kaum dass wir uns hingesetzt hatten.

Ich sagte: »Das Essen zahlt der Staat.«

»Vom Staat lass ich mich nicht einladen.«

»Dann lade ich Sie ein, weil Sie Geburtstag haben.«

»Das geht nicht.«

»Es ist ein Geschenk.«

»Ein Geschenk von uns beiden«, sagte Sonja.

»Das kann ich nicht annehmen«, sagte Mathilda.

»Versuchen Sie es«, sagte ich.

Dann kam der Kellner, und wir ließen die Diskussion fürs Erste sein.

3

Geboren wurde dein Großvater in Es Salum, einem Dorf in der Nähe der Grenze zu Libyen, seine Eltern waren Fischer, besaßen aber auch einige Rinder, Schafe und Kamele, die sie mühevoll aufzogen und verkauften. Rashid war der einzige Sohn neben vier Töchtern, und es war der ausdrückliche Wunsch deiner Urgroßeltern, ihren Kindern eine Zukunft fern der Steppe zu ermöglichen und sie studieren zu lassen. So begann dein Großvater in Alexandria ein Studium der Zahnmedizin. Schon nach zwei Semestern stellte sich heraus, dass er ungewöhnlich begabt und wissbegierig war. Irgendwann, als ihm einer der Professoren mitteilte, er könne, wenn er sich traue, als Austauschstudent für ein Jahr nach Deutschland gehen, nahm er dieses Angebot sofort an.

Und aus dem einen Jahr wurde fast ein ganzes Leben. Er heiratete und wurde Vater von zwei Kindern, Mathilda und Johann.

»Er hätte uns gern arabische Namen gegeben«, erzählte deine Tante, »aber unsere Mutter wollte das nicht. Und sie setzte sich immer durch, solange sie zusammen waren, mein Vater und sie. Sie hatte ein leichtes Spiel, er lebte nur für seine Arbeit. Nach dem Studium arbeitete er zuerst in einer Dentalklinik, später trat er in eine Gemeinschaftspraxis ein und dann eröffnete er seine eigene Praxis. Damals wohnten wir schon in Münzing.«

Im Gegensatz zu deinem Großvater entwickelte sich dein Vater nicht zu einem strebsamen und wissbegierigen Schüler, er hatte große Schwierigkeiten in der Schule, von Anfang an, er hatte keine Freude am Lernen, und still zu sitzen war für ihn eine Qual.

»Unser Vater zwang ihn, eine Stunde regungslos auf einem Stuhl zu sitzen«, sagte Mathilda. »Und Johann hat es getan. Das war eigenartig, denn hätte meine Mutter ihn dazu gezwungen, hätte er sich geweigert. Vor ihr hat er keinen Respekt gehabt, sie war es auch, die ihn geschlagen hat. Mein Vater hat ihn nie geschlagen, niemals, er hat weder Johann geschlagen noch mich. Aber er war autoritär, er hatte eine laute Stimme und manchmal, wenn er abends in unser Zimmer kam, weil wir das Licht zu lange anhatten, brauchte er nur dazustehen und uns anzusehen. Das hat genügt. Sofort knipsten wir die Lampe aus und verkrochen uns unter der Bettdecke. Er schaffte das. Unserer Mutter gehorchten wir nur, wenn wir Lust dazu hatten. Es war wie ein Spiel, wie eine geheime Abmachung zwischen uns, wir ärgerten sie und dann warteten wir ab, was passierte. Schon mit fünf oder sechs Jahren haben wir begriffen, wie sie funktionierte. Ja, wie ein Computer hat sie funktioniert, den man vorher genau programmiert hat. Immer gleich. Wir wussten, in welcher Stimmung sie war, wir konnten genau einschätzen, ob sie an diesem Tag nur herumschreien und mit den Türen schlagen oder ob sie uns angreifen würde. Ob sie handgreiflich werden, uns ohrfeigen oder den Kochlöffel holen würde. Es war, als hätten wir abgesprochen, was passieren sollte, wir drei, Johann, ich und unsere Mutter, als hätten wir uns auf eine Strategie geeinigt, nach der wir vorgehen wollten, und jeder hielt sich daran. Eisern. Widerspruchslos. Jahrelang. Jahrelang dieselbe Strategie, derselbe Kampf, dieselbe Entscheidung. Nein. Nein.«

Außer uns saß kein Gast mehr in dem italienischen Restaurant, sie hatten durchgehend geöffnet, aber niemand kam zum Kaffeetrinken. Wenn der Kuchen ähnlich schmeckte wie die Pasta, dann war klar, wieso.

Ich hatte trotzdem aufgegessen, wie Mathilda, nur Sonja ließ den halbvollen Teller Rigatoni und die Schüssel mit den Resten des gemischten Salats zurückgehen und beantwortete die Frage des Kellners, ob es geschmeckt habe, mit einem klaren Nein. Offenbar genügte ihr Blick, um den jungen Mann von weiteren Bemerkungen abzuhalten.

»Nein«, sagte Mathilda noch einmal. »Wir sind nicht eisern gewesen und auch nicht widerspruchslos. Zumindest Johann und ich. Unsere Mutter prügelte weiter, aber ich ertrug ihre Schläge nicht länger, ich wollte mich wehren, ich wollte die Strategie durchbrechen, ich wollte nicht mehr mitspielen. Kann ich noch ein Bier bekommen, bitte?«

Ich rief den Kellner.

»Es kostete mich große Überwindung, mit meinem Vater zu sprechen. Denn ich hab gewusst, dass Johann dagegen war, total dagegen. Aber ich konnte nicht mehr, ich hab diese Frau nicht mehr ertragen, die meine Mutter war, nicht nur ihre Schläge, die weniger wurden mit den Jahren; inzwischen waren wir größer als sie, wir waren dreizehn, vierzehn Jahre alt, wir hätten leicht zurückschlagen können. Das taten wir nicht, stattdessen ertrugen wir ihre Launen, ihren Terror, ihre Unfähigkeit, uns mit Worten und Gedanken zu erziehen. Sie erteilte Befehle, das war alles, was sie konnte, und Johann fügte sich noch immer. Er hat noch immer den braven Jungen gespielt, er spielte das Spiel weiter, weiter, und ich musste zusehen, wie er gelitten hat. Das hätte er nie zugegeben, nicht einmal mir gegenüber. Und ich war der einzige Mensch, dem er sonst seine Gedanken anvertraute. Und der einzige, dem er seine Bilder zeigte. Johann hat früh angefangen zu zeichnen, heimlich, in der Volksschule schon.«

Sie trank. Für Sekunden klebte Schaum an ihren Lippen, und als sie ihn hastig und wie verschämt ableckte, sah ich ein zehnjähriges Mädchen vor mir, das auf einem Schulhof steht und gerade einen Becher Milch leer getrunken hat, den Becher, den ihr Bruder nicht mochte, weil seine Mutter ihn in die Schultasche gepackt hatte.

»Mindestens dreimal im Jahr wurde Johann krank«, sagte Mathilda. »Bekam Fieber und lag eine Woche lang im Bett, hatte Alpträume und Magenkrämpfe und schwitzte fürchterlich. Natürlich hat er sich irgendwo angesteckt, aber ich weiß, dass nicht Bazillen dran schuld waren. Nein. Sondern der Zorn, der in ihm steckte und den er nicht rausließ, diese Wut, die ihn zwang, schon mit zwölf Bier zu trinken und Zigaretten zu rauchen, nach außen wirkte er nett und gehorsam, in seinem Innern tobte eine einzige Revolte. Und wegen dieser Revolte, die er so gewaltsam unterdrückte und die ihn krank machte und die mich krank machte, denn ich konnte nicht mehr mit ansehen, wie er sich von unserer Mutter bevormunden und misshandeln ließ – nicht körperlich, damit war inzwischen Schluss, seelisch misshandeln –, deshalb also bin ich an einem Tag im November, so wie heute, ja, so ein grauer kalter Tag wie heut war es, da bin ich zu meinem Vater in die Praxis gegangen und hab … und hab …«

Sie kratzte sich am Hinterkopf, mit vier Fingernägeln ihrer rechten Hand, kratzte und scheuerte, und das Geräusch schien in ihren Ohren ebenso unerträglich zu klingen wie in Sonjas und meinen. Auf eine fast lächerliche Art kniffen wir alle drei die Augen zusammen, in der Hoffnung, das hysterische Scharren möge aufhören.

Als kostete sie die Geste einen Kraftaufwand, ließ sie mit einem Stöhnen von ihrem Kopf ab und schloss die Augen. Wie um sich zu entspannen.

Dann riss sie die Augen auf und starrte mich an. »Und ich hab ihm gesagt, wenn er nicht was unternimmt, bring ich sie um. Mehr hab ich nicht gesagt. Nur diesen einen Satz. Und er hat sofort verstanden. Wahrscheinlich erkannte er sich selbst in meinem Auftreten. Ich stand da und sagte nur diesen einen Satz. Und er kam auf mich zu, sah mich lange und stumm an, ich war ungefähr vierzehn und so groß wie er, strich mir über die Wange und sagte: ›Ich werde mit ihr reden.‹ Nur das: ›Ich werde mit ihr reden.‹ Und da wusste ich mit einem Schlag, warum Johann so geworden ist, wie er damals war, plötzlich verstand ich ihn, und ich hätte heulen können, so grausam war diese Erkenntnis. Als mein Vater sagte: ›Ich werde mit ihr reden‹, war mir so klar wie nichts auf der Welt: Er würde niemals mit ihr reden, niemals würde er etwas tun, was sie verletzen oder kränken oder irritieren könnte, niemals. Er hatte sie geheiratet, und auch wenn sie ihrem Wesen nach total verschieden waren, so ergänzten sie einander ideal: Er, der am Anfang seiner Karriere unsere Sprache erst langsam und schwerfällig lernen musste, war auf sie angewiesen, und sie, die aus einer Arbeiterfamilie stammte und keinen Beruf gelernt hatte, war auf ihn angewiesen. Er ermöglichte ihr ein gutes Leben und sie regelte den Alltag für ihn. Meine Mutter sorgte dafür, dass das tägliche Leben reibungslos funktionierte, dafür bekam sie nach und nach ein höheres gesellschaftliches Ansehen als das jedes anderen aus ihrer Verwandtschaft. Deshalb durfte niemand ihren Aufstieg stören. Und nachdem sie es geschafft hatte, musste die Fassade für immer dieselbe bleiben, vorzeigbar, ihrer Stellung im Ort angemessen. Und mein Bruder ist daran kaputtgegangen wie eine Skulptur aus Glas, die man in eisige Kälte stellt.«

Unbewusst klopfte Mathilda Ross mit dem Rand des Bierglases, das sie mit wenigen Schlucken ausgetrunken hatte, gegen ihre Zähne. Wieder ein kleines nervquälendes Geräusch.

»Und ich dachte, was mein Bruder tat, war nichts anderes als das, was meine Mutter tat, er erhielt sein Bild aufrecht. Ganz gleich, wie ihm zumute war, ganz gleich, welches Feuer und welcher Hass in ihm brannten, seiner äußeren Erscheinung durfte man nichts anmerken, niemals. Warum nicht? Warum wollte er so sein wie meine Mutter? Warum? Er hat diese Frau verachtet und diese Frau hat ihm Wunden zugefügt, die nicht heilten. Ich hab doch seine Wunden gesehen. Ich kenn doch meinen

Bruder. Ich bin bei ihm gewesen in den Nächten, wenn er krank war und nach Luft gerungen hat, nach Luft zum Atmen, zum Überleben. Warum? Warum hat er sich nicht Luft gemacht? Bitte erklären Sie mir das. Bitte.«

Sie sah uns nicht an. Nur ihr Glas, ihr vom Bier und von den essensfetten Fingern verschmiertes Glas. Sie hielt es mit einer Hand umklammert, es stand vor ihr auf dem Tisch wie eine Monstranz, die Teil ihres Lebens war, so wie sie in jungen Jahren Teil des Lebens ihres Bruders gewesen war. Und vielleicht war sie es noch heute, da er älter und noch mehr von den Wunden verunstaltet war, die er sich selbst zugefügt hatte und die ihm andere zugefügt hatten.

Aber aus einem unerklärlichen Grund war ich überzeugt, er machte niemanden dafür verantwortlich, seine Mutter nicht und seinen Vater auch nicht, niemanden. Nur sich selbst. Ausschließlich sich selbst.

So früh er auch begonnen hatte, sich künstlerisch auszudrücken, so dumm war dein Vater nicht zu meinen, seine Kunst würde ihn aus seinen privaten Zwängen befreien und ihm eine Existenz für die Zukunft sichern.

Wieso ich das glaube?

Ich weiß es nicht. Ich glaube einfach, er spürte früh die Grenzen seiner Fähigkeiten, nicht ganz zu Beginn natürlich, da bedeutete die Entdeckung des Malens für ihn den Aufbruch in ein unbewohntes Gebiet, das allein ihm gehörte. Ich stelle mir vor, wie er zum ersten Mal ein Stück Holz zersägte und in eine bestimmte Form brachte, um seine billigen Wasserfarben, die ihm seine Eltern zu

Weihnachten geschenkt hatten, darauf auszuprobieren, da glaubte er, er sei der Erfinder eines neuen revolutionären Stils, der Massen beeinflussen könne, schließlich gab es Holz in Hülle und Fülle, und man benötigte nur einfachste Mittel zum Malen. Jedem, egal, wie viel Geld er verdiente, war diese Art der Kunst zugänglich, er konnte sie herstellen und verkaufen oder tauschen, und so, dachte der junge, in sich lodernde Künstler vielleicht, entstand ein neues Zahlungsmittel, keine plumpen Scheine und Münzen mehr, stattdessen artifiziell gestaltetes Holz, vom Format her nicht größer als ein gewöhnlicher Geldschein, und je kunstvoller, je raffinierter die Gestaltung, desto mehr konnte man dafür kaufen. Und es würde nie mehr jemanden geben, der mittellos sein Leben fristen musste, selbst das billigste Stück Holz eignete sich dazu, mit billiger Kreide verziert und getauscht zu werden. Alle Menschen wären Künstler und Proletarier, und jeder achtete die Arbeit und Kreativität des anderen.

Es ist nicht lächerlich, so zu denken, wenn man zwölf Jahre alt ist und das Brimborium der Eltern um Ansehen und materiellen Erfolg verabscheut.

Oder doch?

Trieb womöglich ein Empfinden elementarer Lächerlichkeit deinen Vater aus seinem bisherigen Leben? Blickte er zurück auf die Zeit, die vergangen war, und erschrak er so sehr darüber, dass ihm nichts blieb als zu versuchen, seinem Schatten davonzulaufen?

»Warum hat er sich nicht Luft gemacht?«, hatte mich seine Schwester gefragt.

Wir schwiegen lange.

Und als Mathilda den Kopf hob, sagte ich: »Vielleicht hat er es jetzt getan.«

Auf den Stufen, die vom Lokal zur Straße führten, stolperte Mathilda Ross. Sie fiel gegen Sonjas Rücken und krallte sich an deren Mantel fest. Die kalte Luft machte ihr zu schaffen.

Inzwischen war es vier Uhr nachmittags. Ein abweisendes Grau überzog Häuser und Gesichter, die Autos fuhren mit eingeschalteten Lichtern, in manchen Geschäften leuchteten elektrische Adventskerzen.

Mathilda sah sich um. Im schäbigen Restlicht dieses Tages wirkte ihr Gesicht noch bleicher und ihre ganze Erscheinung wie die einer verirrten Frau. Sie wankte und hustete.

»Sollen wir Sie nach Hause fahren lassen?«, fragte Sonja.

Mathilda erwiderte nichts.

Ich sagte: »Können Sie uns die Adresse Ihrer Mutter geben?«

»Einhornallee 14«, sagte sie schnell, zog die Schultern hoch und schlug die Knie aneinander.

Sonja sah mich fragend an, und ich sagte: »Wär es Ihnen unangenehm, in einem Streifenwagen nach Münzing gefahren zu werden?«

»Sehr unangenehm«, sagte sie mit gesenktem Kopf.

Ich hatte nichts anderes erwartet. Was wir tun sollten, wusste ich nicht. Nach allem, was wir erfahren hatten, genügte die vorläufige Vermisstenanzeige, vom Dezernat aus konnten wir einige Daten in den Computer eingeben und dann abwarten, zumindest einen oder zwei Tage.

Andererseits gab es die leere Wohnung. Und eine Fernsehzeitschrift, die das Programm bis zum achten Oktober enthielt. Hatte Farak vergessen, sie wegzuwerfen? Und wenn er nach dem Achten eine aktuelle Illustrierte gekauft hatte, hätte er die alte nicht auf jeden Fall vorher weggeworfen?

Wir mussten mit den Nachbarn sprechen, wir mussten endlich jemanden finden, der Farak in jüngster Zeit gesehen hatte.

Keine zehn Minuten später fanden wir jemanden, ohne unser Zutun.

»Ich bleib heut Nacht in seiner Wohnung«, sagte Mathilda.

»Die Wohnung ist doch leer«, sagte Sonja. In der Art, wie sie sprach und an ihrem Mantel zupfte, erkannte ich ihre Ungeduld und ihren Ärger über die Unentschlossenheit der angetrunkenen Frau.

»Ich bleib so lang in der Wohnung, bis er zurückkommt.«

Es schien, als habe sie die Orientierung wiedergefunden. Ohne ein weiteres Wort überquerte sie die Straße, fuchtelte mit der Hand wie jemand, der seine Bewegungen nicht unter Kontrolle hat, und drehte sich auf der anderen Seite abrupt zu uns um.

»Was sollen wir hier noch?«, fragte Sonja. »Wir gehen über INPOL, und basta. Ich finde, wir haben uns genug um die Frau gekümmert. Was ist? Was schauen Sie so denkwürdig?«

»Haben Sie nicht zugehört, was die Frau erzählt hat?«

»Was soll denn diese Frage?«

»Der Maler ist suizidgefährdet.«

»Ja«, sagte sie. »Kann sein. Ich möchte nur ... Was brauchen wir denn noch? Wir schicken Fernschreiben an alle Dienststellen in und rund um München, wir kümmern uns ja um den Mann! Aber nicht hier auf der Straße! Hier können wir nämlich überhaupt nichts tun außer frieren.«

»Ich befrage ein paar Nachbarn. Sie können ins Dezernat fahren und versuchen, die Mutter zu erreichen. Besuchen werden Sie sie wahrscheinlich nicht wollen.«

»Bestimmt nicht.«

Danach verabschiedete sie sich von Mathilda Ross, nickte mir zu und ging zu ihrem Auto.

»Ist sie sauer?«, fragte Mathilda.

»Nein«, sagte ich. »Sie hat im Büro zu tun.«

»Tut mir leid, dass ich Sie aufhalte.«

»Sie halten mich nicht auf.«

»Glauben Sie, dass ich spinn?«, fragte sie.

»Nein.«

»Sie wollen nur höflich sein.«

»Nein.«

Wir hatten das Haus in der Bauerstraße erreicht.

»Jetzt hab ich vergessen, was zu trinken zu kaufen«, sagte sie. »Wasser. Heut trink ich nur noch Wasser.«

»Vorn am Platz habe ich einen Getränkemarkt gesehen. Geben Sie mir den Schlüssel, ich warte in der Wohnung auf Sie.«

»Danke.«

Nachdem ich die Haustür aufgesperrt hatte, rief ich Mathilda hinterher: »Und vergessen Sie das Bier nicht.«

Sie drehte den Kopf und lächelte verlegen.

Vor der Tür von Faraks Wohnung stand eine junge Frau und wandte sich gerade zum Gehen. Sie trug einen langen olivgrünen Ledermantel und Schnürstiefel. Im ersten Moment dachte ich, sie sei für einen Film verkleidet. Und geschminkt. Extrem weißes Gesicht, schwarz umrandete Augen, halbseitig rasierter Kopf, die verbliebenen Haare pechschwarz.

»Grüß Gott«, sagte ich.

Sie sagte nichts.

»Wollen Sie zu Herrn Farak?«

Sie stapfte an mir vorbei. Ein rauer Geruch strömte von ihr aus, wie ein Signal, ihr nicht zu nahe zu treten.

»Er wird vermisst«, sagte ich.

Sie blieb auf der Treppe stehen. »Und wer sind Sie?«

»Tabor Süden, ich bin Polizist, ich suche Johann Farak. Kennen Sie ihn?«

Sie überlegte. Dabei schlug sie mit dem Stiefel gegen eine Stufe und kaute auf etwas herum.

»Nicht besonders«, sagte sie zögerlich. »Hab ihn getroffen … in der Sieben …«

»Was ist die Sieben?«

»Kennen Sie die Schwabinger Sieben nicht?«

»Gibt's die noch?«, fragte ich.

»Sonst wär ich ja nicht dort gewesen«, sagte sie. »Und er auch nicht.«

»Hätten Sie Zeit, mir ein paar Fragen zu beantworten?«

»Nö. Ich hab einen Termin.«

»Wann haben Sie Johann Farak in der Schwabinger Sieben getroffen?«

»Ja öfter.«

»Wann zuletzt?«

»Vor einem Monat ungefähr.« Sie wollte los, drehte sich dann aber noch einmal um. »Wer vermisst den eigentlich?«

Ich fragte: »Woher wissen Sie, wo er wohnt?«

»War schon mal da«, sagte sie. »Also, wer vermisst den?«

»Seine Schwester.«

»Seine Schwester? Von der hat er nie was erzählt.«

Wir schwiegen. Und verschwiegen einander eine Menge.

»Wie alt sind Sie?«, fragte ich.

»Das reicht jetzt«, sagte sie. »Ich muss zu meinem Termin.«

»Wie heißen Sie?«

»Liane. Und Sie?«

»Süden«, sagte ich.

»Stimmt«, sagte sie.

Daraufhin stieg sie polternd die Treppe hinunter.

Ich beugte mich übers Geländer. »Wo kann ich Sie erreichen? Vielleicht können Sie uns bei der Suche helfen.«

Sie schien mich nicht zu hören. Dann endete das Poltern, und ich war wieder allein.

Nun hatte seine Schwester zwar die Tür zu Johann Faraks Welt entriegelt, aber diese Tür war nur angelehnt, ich hörte Stimmen, ich malte mir Gesichter aus, ein konkretes Bild bekam ich noch nicht zu sehen.

Ich sperrte die Wohnungstür auf.

Ich zögerte einzutreten.

Ich sah das Mädchen vor mir, in seiner martialischen Aufmachung, mit dem weißen kindlichen Gesicht. Ich wusste nichts. Wieder einmal tastete ich nach einem Phantom in der Dunkelheit.

Was denkst du jetzt?

Lachst du mich aus?

4

Ein Trio aus Gitarre, Cello und Violine spielte eine russisch-rumänische Volksweise. Der Mann lag mit verschränkten Armen auf dem Sofa, die Füße auf der Lehne, einen Aschenbecher auf dem Bauch, und hörte der Musik aus den Lautsprechern zu.

»Der Herr ist von der Polizei«, sagte die Frau.

Die Nachricht brachte ihn nicht aus der Ruhe. Sehr langsam drehte er den Kopf in meine Richtung, betrachtete mich sympathielos und seufzte.

»Kellerer«, sagte er.

»Tabor Süden.«

Dann schwieg ich. Die Musik gefiel mir.

Nun kam ein Stück, das nach Einflüssen von jüdischer Musik klang.

»Äh«, sagte Frau Kellerer.

Herr Kellerer griff nach der Schachtel auf dem Tisch und zündete sich mit einem Feuerzeug eine Zigarette an. Wie eine zu klein geratene gläserne Krone thronte der Aschenbecher auf seinem gewölbten Bauch.

»Der Herr hat Fragen zu Johann. Das ist richtig, gell?«

»Ja«, sagte ich.

»Nehmen Sie Platz«, sagte Herr Kellerer.

»Mein Mann hatte einen Bandscheibenvorfall«, sagte Frau Kellerer. »Er ist krankgeschrieben. Obwohl er jetzt Arbeit hätt, das ist nicht immer so um die Zeit. Er ist Baggerführer …«

»Dreh die Musik weg, Bilka.« Die Worte kamen so

schnell und mechanisch aus seinem Mund wie der Rauch und hatten sich ebenso rasch in Luft aufgelöst. In der Stille sagte er: »Ist was passiert mit ihm? Hat er randaliert?«

»Hat er das öfter getan?«, fragte ich und kam näher.

»Möchten Sie was trinken?«, fragte Bilka Kellerer.

»Nein.«

Kellerer schob den linken Arm unter den Nacken und stöhnte wieder. »Er hat alle Leute vollgelabert mit seinem Scheiß, er hat ständig gequatscht, ständig. Wie ein Depp. Er hat jeden angelabert, den er getroffen hat, jeden, hier im Haus, draußen auf der Straße, im Café. Hier in der Gegend ist er ja inzwischen aus allen Kneipen rausgeflogen, die haben das nicht mehr ausgehalten, dieses Gequatsche, der war irre, bei dem haben die vergessen, einen Knopf abzustellen. Kein Wunder, dass er dauernd Ärger gekriegt hat, er ist verprügelt worden, nicht nur einmal. Aber dann hat er weitergelabert, wie eine Sprechmaschine. Unglaublich. Gott sei Dank ist er weg!«

»Seit wann?«

»Seit wann, Bilka?«

Sie stand an der Tür, die Hände in den Taschen ihrer weißen Schürze.

»Seit einem Monat«, sagte sie. »Nein, länger. Ich glaub, ich hab ihn seit Ende September nicht mehr gesehen. Ist denn was passiert mit ihm?«

»Er wird vermisst«, sagte ich.

»Von wem?«, sagte Kellerer. Schon der Zweite, der so fragte.

Und ich sagte wieder: »Von seiner Schwester.«

Und zum zweiten Mal erhielt ich die Antwort: »Der hat eine Schwester?«

»Ja.«

»Haben wir gar nicht gewusst«, sagte Bilka Kellerer.

»Er war Alkoholiker«, sagte Kellerer und drückte die Zigarette im Aschenbecher aus, der sich in die geschmeidige Masse seines Bauches bohrte. »Das hast du einen Kilometer gegen den Wind gerochen, ich hätt gern mal gewusst, von was der seine Miete bezahlt hat. Arbeitslosengeld hat der bestimmt keins gekriegt.« Unter Mühen drehte er seinen Körper zur Seite und sah mich an. »Eine Zeit lang hatte er eine Freundin, die hat sich dann aus dem Staub gemacht.«

»Ja, eine Lehrerin«, sagte Bilka.

»Wissen Sie ihren Namen?«, fragte ich.

»Nein«, sagte Kellerer. Seine Frau schwieg. »Der Kerl war eine Plage, ein Nichtsnutz, er hat nicht gearbeitet, er hat sich aushalten lassen, die Frau hat ihn ausgehalten, sie ist gekommen, hat sauber gemacht und alles …«

»Das weiß man nicht«, sagte Bilka.

»So war's«, sagte Kellerer. »Der Kerl hat jahrelang in diesem Haus gewohnt, aber dass er irgendwann mal was getan hätt, hab ich nicht gesehen.«

»Er hat gemalt«, sagte ich.

»Ja«, sagte Kellerer laut, hielt inne, verzog das Gesicht und stöhnte. »Verdammtes Kreuz … Gemalt. Haben Sie mal gesehen, was der gemalt hat? Ich hab's gesehen, er hat versucht, das Zeug auf der Straße zu verkaufen, ich hab's mir angesehen. Das hätt unser Hund besser gekonnt, das schwör ich Ihnen, unser Hund hatte mehr Talent als der.«

»Können Sie sich erinnern, wann Sie Johann Farak das letzte Mal gesehen haben?«

»Hat meine Frau doch gesagt, Ende September, ich war da in der Klinik.«

»Wann haben *Sie* ihn zuletzt gesehen?«, fragte ich ihn.

Er schüttelte den Kopf. Dann, während er eine neue Zigarette aus der Packung fingerte und anzündete, sagte er: »Interessiert mich nicht, der Kerl. Wir sind froh, dass er weg ist. Das sind Sozialschmarotzer, verstehen Sie, was ich meine, wir finanzieren die, und das wissen die, das wissen die, und die nutzen das aus, und wir sind gezwungen, die zu unterstützen, und das ärgert mich, ich muss auch schauen, wie ich uns durchbring. Meine Frau war Friseuse und dann hat sie eine Allergie gekriegt von einem Tag auf den andern und jetzt kann sie nicht mehr in ihrem Beruf arbeiten, und das zahlt ihr kein Mensch ...«

»Dafür ist der Kommissar nicht zuständig«, sagte Bilka Kellerer.

»Und die Lehrerin«, sagte ich, »war die oft im Haus?«

»Schon lang nicht mehr«, erwiderte Bilka.

Weil sie nichts weiter sagte, sah ich sie an, und sie senkte den Kopf.

»Wenn Sie ihn finden«, sagte Kellerer, »sagen Sie ihm, ich krieg noch fünfzig Euro von ihm.«

»Hast du ihm Geld geliehen?«, fragte Bilka. Sie war so überrascht, dass sie einen Schritt ins Zimmer hinein machte. Vielleicht war dieser Raum ansonsten eine Art Schutzzone für ihren bandscheibengeschädigten Mann.

»Ja und?« Mit einer eckigen Bewegung wuchtete er sich auf den Rücken und legte die Beine übereinander.

»Das hast du mir gar nicht erzählt«, sagte Bilka.

Von Kellerer ging ein eindeutiges Schweigen aus.

Ich verabschiedete mich. An der Wohnungstür griff Bilka nach meinem Arm.

»Ich weiß, wie die Frau heißt«, sagte sie mit gedämpfter Stimme. »Die Lehrerin. Andrea Langer. Aber wo die wohnt, das weiß ich nicht. Sie ist auf einer Realschule, ich hab mich mal mit ihr unterhalten, sie hat gesagt, sie hält das nicht mehr aus mit dem Johann. Sie war sogar bei einem Arzt mit ihm, bei einem Psychologen, aber Johann hat sich nicht behandeln lassen, hat sie gesagt, der hat sich gewehrt, und sie hat nichts machen können. Sie war immer nett zu ihm, das ist mir aufgefallen, sie hat das ertragen, wie der war. Ich hätt das nicht geschafft. Ich bin froh, dass Jockel nicht trinkt. Auch wenn's ihm schlecht geht, so wie jetzt, er trinkt nicht, das ist ein Segen, Herr Kommissar, wenn der Mann nicht dauernd trinkt, nur weil er ein Problem hat.«

»Danke«, sagte ich.

»Ist ihm was passiert, dem Johann?«, fragte sie zum zweiten Mal, diesmal mit besorgtem Gesichtsausdruck.

»Ich weiß nicht.«

Sie drückte meinen Arm. »Er hat mir mal gesagt, dass er sich was antut, wenn's so weit ist.« Sie beugte sich nah zu mir. »Meiner Meinung nach war der depressiv, der Johann, er hat so viel geredet, weil er so depressiv war, das ist meine Meinung. Ich hab kaum was verstanden von dem, was er geredet hat, aber mir ist das so vorgekommen, dass er irgendwie krank war … seelisch gesehen. Der hat keinen Halt gehabt. Wenn ich gewusst hätt, dass er eine Schwester hat …«

»Was hätten Sie dann gemacht?«, flüsterte ich.

»Ich hätt … ich hätt ihm geraten, sich von ihr helfen zu lassen oder … Ich weiß nicht. Lebt die hier in München?«

»Auf dem Land«, sagte ich. »Sie wird heute in seiner Wohnung übernachten.«

»Hoffentlich finden Sie ihn gesund«, sagte Bilka.

Franz Beck war noch im Mantel, als er mir die Tür öffnete. Er wohnte ein Stockwerk unter Johann Farak.

»Er ist viel rumgetrampelt«, sagte Beck. Auf dem Holztisch in der Küche lagen eine Zither und ein Stapel Notenblätter. Er nahm eine Flasche Bier aus dem Kühlschrank, öffnete sie und goss ein Glas voll. »Ich komponier oft nachts, das ist die stille Zeit, da kommen die Noten von selber. Prost.«

Ich nickte ihm zu. Das Trinken des ersten Schlucks Bier nach Feierabend schien für ihn ein erhabener Moment zu sein.

»Nach einem ganzen Tag in der trockenen Schalterhalle, da verdunstet das Bier direkt im Mund.«

»Haben Sie sich bei ihm beschwert?«, fragte ich.

»Selbstverständlich.«

Er machte eine Kopfbewegung zur Tür, und wir gingen ins Wohnzimmer, in dem ein verzierter Bauernschrank, eine Truhe mit einem schmiedeeisernen Schloss und ein weiterer Holztisch standen. Über den Tisch war eine karierte Decke gebreitet. In einem schmalen Schrank in der Ecke, an dem die Türen fehlten, hatte Beck CDs, Schallplatten und Liederbücher ordentlich sortiert, hunderte an der Zahl.

Wir setzten uns auf Holzstühle mit geschwungenen Lehnen. Zu trinken bot er mir nichts an.

»Ist was passiert mit ihm?«, fragte er.

Anscheinend hatte jeder, der ihn kannte, damit gerechnet, dass ihm etwas zustieß. Ich erklärte ihm, wir würden nach ihm suchen. Er wiegte den Kopf hin und her, trank einen Schluck und spitzte die Lippen.

»Ich könnt mir vorstellen, er ist besoffen in die Isar gefallen oder so was«, sagte Beck. »Oder er hat sich irgendwo die Kugel gegeben. Der hat sich doch selber nicht mehr ertragen, der war doch ein Wrack, schon seit Jahren. Und nachts ist er ausgeflippt, trampelte durch seine Wohnung, warf Flaschen gegen die Wände …«

Mir war nicht aufgefallen, dass die Wände beschädigt gewesen wären.

»Schrie rum, hat sich aufgeführt. Unangenehmer Typ. Ich hab die Polizei angerufen, nicht nur einmal, und nicht nur ich, andere im Haus auch, sogar Nachbarn von drüben. Die Polizei ist gekommen, hat mit ihm geredet, und dann sind sie wieder abgezogen. Er war dann auch ruhig. Aber ein paar Tage später gings wieder los. Durchgeknallt war der.«

Er trank, dann stellte er das Glas ab und drückte mit den Fingern auf seine Augen. »Jedenfalls ist jetzt Ruhe, sehr angenehm, in den letzten vier Wochen hab ich fünf Stücke komponiert, Landler, Gstanzln, kurze Sachen, aber sehr gut. Finde ich. Finde ich.« Wieder spitzte er die Lippen.

Ich stellte die unvermeidliche Frage: »Wann haben Sie ihn zuletzt gesehen?«

Er stand auf, ging zur Stereoanlage und schaltete sie ein. Klassische Klänge.

»Der entspannt mich, der Vivaldi«, sagte Beck. »Wann hab ich den gesehen? Ist ein paar Wochen her. Ich hatte eigentlich gedacht, er ist zum ersten November ausgezogen. Stimmt das nicht?«

»Ich weiß nicht«, sagte ich. Tatsächlich hatten wir sein Mietverhältnis noch nicht überprüft. Seltsamerweise war ich bisher nicht auf die Idee gekommen, er könnte ausgezogen sein.

»Waren Sie nicht in seiner Wohnung?«

»Doch«, sagte ich. »Viel ist nicht drin. Aber ich glaube nicht, dass er umgezogen ist.«

»Bedauerlich.«

»Kennen Sie seine Freundin? Oder Ex-Freundin, eine Lehrerin mit dem Namen Andrea Langer.«

»Vom Sehen, glaub ich.« Er setzte sich, wiegte wieder den Kopf hin und her. »Die kommt doch nicht mehr, oder? In letzter Zeit hab ich öfter ein junges Mädchen gesehen, so eine mit so einem rasierten Kopf und Springerstiefeln. Die ist höchstens siebzehn. Die hat er mal mitgebracht, und dann ist sie von allein gekommen, glaub ich. Ich hab mal mit ihr gesprochen, sehr nettes Mädchen, trotz ihres Aussehens. Sie singt gern, hat sie mir erzählt, natürlich Rockmusik, keine Volksmusik. Ich hab ihr gesagt, dass ich Zither spiel, und sie hat gemeint, sie mag den Klang. Was die von dem besoffenen Johann wollte, wär auch mal eine Frage.«

Ich fragte: »Wann haben Sie das Mädchen zum letzten Mal gesehen?«

»Gestern.«

Vermutlich sah er mir meine Verblüffung an.

»Die kam oft«, sagte er mit Nachdruck. »Ich hab sie klopfen hören, sie hat immer geklopft, nie geklingelt, er hat sie dann reingelassen, und irgendwann nachts ist sie dann wieder weg.«

»Haben die beiden ein Verhältnis?«

Er sagte: »Das wär dann aber illegal, oder?«

»Haben sie ein Verhältnis?«

»Ich hab nicht zugeschaut!« Er trank sein Glas leer und schmatzte.

»Wissen Sie, wie das Mädchen heißt? Ihr Vorname ist Liane.«

Er schüttelte den Kopf, drehte das Glas in der Hand und stand auf.

»Ich biet Ihnen nichts an«, sagte er, »Sie sind ja im Dienst.«

»Unbedingt.«

Er ging um den Tisch herum und machte eine Kopfbewegung zur Tür. Also folgte ich ihm in die Küche.

»Haben ihn noch andere Leute besucht?«, fragte ich.

»Glaub nicht. Nein. Andere Leute? Nein. Seine Freundin halt, früher. Wie hieß die?«

»Sie heißt Andrea Langer.«

»Andrea Langer.«

Er öffnete den Kühlschrank, blickte hinein, die Hand an der Tür. Soviel ich erkennen konnte, waren vor allem braune Flaschen darin. Zu meiner Überraschung holte er einen kleinen Karton heraus, in dem einzeln abgepackte Vollkornbrotscheiben steckten. Er nahm eine heraus, stellte den Karton ins Fach zurück und griff nach einer Bierflasche.

»Supererfindung«, sagte er, riss die Plastikhülle von der Brotscheibe, trat auf das Pedal des Mülleimers unter der Spüle, steckte die zusammengeknüllte Hülle hinein, biss ins Brot und behielt es im Mund, während er die Flasche öffnete und das Bier ins Glas goss, das er vorher mit kaltem Wasser ausgespült hatte. »Ich hab das auch in der Bank, superpraktisch, was für Singles und Einzelnesser.«

»Was sind Einzelnesser?«, fragte ich.

»Sind Sie verheiratet?«

»Nein.«

»Feste Bindung?«

»Nein.«

»Dann müssten Sie's eigentlich kennen. Ich weiß nicht, ob das Wort bekannt ist, ich hab's erfunden, glaub ich. Einzelnesser nenn ich Leute, die alles einzeln essen, das Brot, den Käse, das Radl Wurst, die Scheibe Gurke, alles hintereinander oder nebeneinander, aber nicht zusammen. So was macht man nur, wenn man allein lebt, schon mal aufgefallen? Sie kaufen sich ein Pfund Tomaten, weil Sie einen Salat machen wollen, aber dann essen Sie jede Tomate einzeln. Das ist wie ein Zwang. Kennen Sie das nicht?«

»Nicht so.«

»Sie sind auch Polizist.«

»Was hat das damit zu tun?«, fragte ich.

Er hob sein Glas, um mir zuzuprosten, und trank.

»Mit der Freundin von Johann Farak haben Sie nie gesprochen?«

»Doch«, sagte er. »Ist lang her. Sie hat mir gesagt, sie hat Angst, dass er sich was antut in seinem Suff, ich hab ihr gesagt, sie soll ihn halt zu einem Arzt bringen. Hat sie getan, hat sie gesagt, aber er hat's nicht gepackt. Wie lang ist er denn jetzt schon weg?«

»Das wissen wir eben nicht.«

Er sah mich an, als beginne er schlagartig am Sinn der Polizei zu zweifeln. »Aber wär das nicht recht wichtig?«

»Doch. Deswegen frage ich Sie auch so lange.«

»Verstehe.« Er trank, spitzte die Lippen und warf einen Blick auf seine Zither. »Schauen Sie sich das an, ich hab vergessen, sie in den Koffer zu tun. Ich hab nämlich heut früh noch was komponiert und dann war ich so in Gedanken, dass ich das vergessen hab. Ist mir noch nie passiert. Zurzeit läufts gut. Je mehr ich in der Bank zu tun hab, desto mehr fällt mir in der Nacht ein, auf der Zither. Komischer Zusammenhang, oder? Die Leute sind alle pleite und wollen Kredite und dealen mit ihren Aktien rum, und ich komm abends nach Hause und bin extrem inspiriert. Was sagen Sie dazu? Ist doch komisch, oder?«

»Ja«, sagte ich.

Dann schwiegen wir beide. Etwas später sagte ich: »Halten Sie es für möglich, dass er sich was angetan hat?«

Sein Kopf kippte mehrmals von rechts nach links, er schüttelte ihn nicht, es sah aus, als würde der Kopf von einer schwerfälligen Mechanik angetrieben.

»Ja«, sagte Franz Beck schließlich. »Absolut. Halt ich für möglich. Der Mann war am Ende, absolut. Halt ich für möglich, ja.«

Im zweiten Stock hockte Mathilda Ross auf dem Fußabstreifer vor der Wohnungstür deines Vaters, eine Plastiktüte zwischen den Knien und eine Flasche Bier neben sich.

Sie hatte sich aufs Bett gesetzt, eingehüllt in ihren Wollmantel, ich stand neben dem Bett, und jeder von uns hatte eine Flasche Bier in der Hand. Es war kalt im Zimmer, die Heizung funktionierte nicht.

»Sie sind die Serpentinen ja selber gefahren«, sagte Mathilda. »Die sind eigentlich nicht gefährlich, bloß eng. Und glatt. Im Winter. Und nachts. Er hat's eilig gehabt, nach Hause zu kommen. Außerdem war er betrunken. Und nicht angeschnallt. Ich hab den Knall gehört. Und die Nachbarn auch. Wir sind alle raus. Die Feuerwehr hat ihn rausgeschnitten, auf dem Weg ins Krankenhaus ist Ludwig gestorben. Ich hab seine Leiche nicht mehr gesehen. Wollt ich nicht. Später hat's mir leidgetan, sehr leid hat's mir getan.«

Wir tranken beide gleichzeitig.

»Ist jetzt auch schon wieder fünf Jahre her«, sagte sie. »Ludwig war im Gemeinderat. Es gab Kollegen von ihm, Kollegen aus der Firma, die haben ihn unterstützt, egal was er getan hat, um die CSU zu ärgern, Bürgerinitiative, Kindergartenaktionen, Umweltschutz, er wollte allen Ernstes einen autofreien Sonntag einführen, so wie damals in den Siebzigern, während der Ölkrise. Die CSUler hätten ihn fast aus dem Dorf gejagt. Er war wahnsinnig engagiert, er wollt was machen, nicht nur verändern, damit er Stimmen kriegt und Aufmerksamkeit erregt, ihm war es ernst mit allem. Mit mir auch. Er hatte vor, uns ein Haus zu bauen, Holz, Solarzellen auf dem Dach, solche Sachen, er hat immer gesagt, er will für mich sorgen, das wär ein Glück für ihn. Und er hat gesagt, wenn ich möchte, macht er auch irgendwas für meinen Bruder, ihm würd schon was einfallen, er würd's den Leuten schon zeigen, die ihn weggejagt haben aus dem Dorf, die froh waren, dass er in die Stadt gezogen ist, weil sie seine Monologe nicht mehr hören konnten, weil sie ihn für einen missratenen Sohn gehalten haben, weil unser Vater, der Zahnarzt, sich für seinen Sohn schämen musste. Darf ich Ihnen was verraten, Herr Süden? Mein Vater hat sich nie für Johann geschämt. Der war dem scheißegal, so scheißegal, wie einem Baum scheißegal ist, wenn ein Vogel ihn anscheißt.«

Sie hielt den Kopf gebeugt und die Flasche nah vor ihr Gesicht, sodass die Tränen eines Auges genau in die Öffnung tropften.

5

In dieser Nacht blieb ich bis zwei Uhr im Büro, ergänzte die Ausschreibung im INPOL-System, die Sonja Feyerabend eingegeben hatte, um einige Daten, bei denen ich mir allerdings nicht sicher war, ob es Sinn ergab, sie schon jetzt ins Spiel zu bringen.

So nahm ich die Beschreibung des Mädchens auf der Treppe in die Suchmeldung mit auf.

Hinterher ist man immer schlauer.

Ansonsten war vollkommen klar, dass uns kaum ein Kollege in einer anderen Dienststelle, vor allem nicht beim LKA, das auf die Informationen ebenfalls Zugriff hatte, bei der Suche besonders unterstützen würde. Dafür waren die Anhaltspunkte trotz der speziellen Details zu vage. Wir hatten keine genaue Personenbeschreibung, wir wussten nichts über die Sachen, die dein Vater bei sich trug, nichts über eine mögliche Fluchtrichtung und über ein Fluchtziel, wir hatten keinen Arzt aufgetrieben, der deinen Vater irgendwann einmal behandelt hätte, um uns Auskünfte über seinen körperlichen Zustand geben zu können, über ausgeprägte Merkmale, bestimmte Verletzungen, und wir hatten nicht einmal ein Foto.

Die einzigen Aufnahmen von ihr und ihrem Bruder, die Mathilda Ross aus einer Schuhschachtel voller alter Schnappschüsse hervorgekramt hatte, stammten aus der Zeit vor dem Tod ihres Mannes.

»Johann hat sich schon als Kind nicht knipsen lassen«, hatte sie in ihrer Wohnung gesagt. Das Foto, das wir dann mitnahmen, zeigte einen Mann mit kurzem welligem Haar, verschatteten Augen, einer fleischigen Nase und kräftigen Lippen. Zum Zeitpunkt der Aufnahme war er vierunddreißig Jahre alt, aber man hätte ihn auf Anfang vierzig schätzen können. Sowohl das Ehepaar Kellerer als auch Franz Beck erklärten fast übereinstimmend, Johann Farak sehe heute, sieben Jahre später, völlig anders aus, hätte längere Haare und eingefallene Wangen, außerdem ständig Abschürfungen im Gesicht und an den Händen, vermutlich von Stürzen im Suff. Da Sonja Feyerabend es nicht geschafft hatte, Hanne Farak, Johanns Mutter, zu erreichen und sie nach einem Foto zu fragen, mussten wir uns mit diesem unbrauchbaren Bild begnügen. Und in einer Aktennotiz hatte Sonja hinterlassen, dass sie Andrea Langer zwar ausfindig gemacht und am Telefon mit ihr gesprochen habe, dass die Lehrerin aber auch kein Foto besitze. Zudem hätte sie seit zwei Jahren keinen Kontakt mehr zu Johann.

In einer weiteren Notiz teilte mir Sonja mit, sie vermute, wir hätten es mit einer Hupfauf-Sache zu tun. Der Ausdruck bedeutet, ein Verschwundener ist schneller wieder zurück, als ein Kind einmal mit einem Seil springen kann.

Daran glaubte ich keinen Moment.

Ich war mir nicht sicher, ob dein Vater tatsächlich plante, sich umzubringen. In seine Wohnung zurückkehren würde er jedoch nicht, das stand für mich fest.

Ich verließ das Dezernatsgebäude an der Bayerstraße, legte den Kopf in den Nacken und atmete tief die kalte feuchte Luft ein. Wenn ich zu Fuß nach Hause ging, brauchte ich fünfundvierzig Minuten, und das war ausreichend Zeit, um den Tag abzustreifen, die Stimmen zu ordnen, nüchtern zu werden.

In meiner Tasche steckte das Märchenbuch, das ich heimlich aus der Wohnung deines Vaters mitgenommen hatte. Die Geschichte, die er anscheinend am häufigsten gelesen und in der er Wörter und Absätze angestrichen hatte, war die von Hans im Glück. Erinnerst du dich an sie? Hat dir deine Mutter früher Märchen vorgelesen? Oder einer ihrer Freunde? Die Geschichte handelt von einem jungen Arbeiter, der nach sieben Jahren seinen Job hinwirft, um zu seiner Mutter zurückzukehren. Warum, weiß man nicht. Sein Chef schenkt ihm zum Dank für die treuen Dienste einen Klumpen Gold, der den jungen Mann aber nicht froh macht. Er begegnet einem Reiter und tauscht das Gold gegen dessen Pferd, weil er denkt, es ist bequemer zu reiten, als ewig zu wandern. Doch schon bald wirft ihn das Pferd ab, und er überredet einen Bauern dazu, seine Kuh gegen das Pferd zu tauschen, um später festzustellen, dass sie keinen Tropfen Milch gibt. Zufällig taucht ein Metzger auf, und von dessen Schwein verspricht sich Hans großen Gewinn. Sie tauschen die Tiere, und Hans ist glücklich. Er ist davon überzeugt, sich bei seinem Handel ununterbrochen zu verbessern, auch als er einen Burschen trifft, der eine fette Gans mit sich trägt. Dieser erzählt ihm, dass in einem Dorf in der Nähe ein Schwein gestohlen wurde, und Hans kriegt es mit der Angst, verdächtigt zu werden. Der Bursche hat Mitleid, tauscht die Gans gegen das Schwein und verschwindet auf einem Seitenweg, wo niemand ihn sehen kann. Hans freut sich schon auf seine Mutter, die aus der Gans ein prächtiges Essen bereiten würde. In einem Dorf sieht er einem Scherenschleifer bei der Arbeit zu. Sie kommen ins Gespräch und unterhalten sich so lange, bis Hans die Überzeugung des Scherenschleifers teilt, dass man mit diesem Beruf viel Geld verdienen könne. Der Scherenschleifer gibt Hans einen Wetzstein und einen Feldstein und erhält dafür die Gans. Nach einem langen Marsch mit den schweren Steinen wird Hans müde, sein Proviant ist verbraucht, und er hat Durst. Da entdeckt er einen Brunnen. Und als er sich darüberbeugt, stößt er aus Versehen gegen die Steine, die er auf den Rand gelegt hat, und sie fallen in die Tiefe. Und daraufhin passiert etwas Seltsames: Hans ist nicht etwa wütend oder niedergeschlagen über den Verlust seines ganzen Besitzes, sondern er sinkt auf die Knie und dankt Gott unter Tränen, dass er ihn von seiner Bürde erlöst habe. »So glücklich wie ich«, ruft er, »gibt es keinen Menschen unter der Sonne.« Und mit »leichtem Herzen und frei von aller Last«, wie es heißt, läuft er nach Hause zu seiner Mutter.

Warum, meinst du, war dein Vater so fasziniert von diesem Märchen? Erging es ihm ähnlich im Leben? Sind Hans und Johann Weggefährten? Hatte Johann schließlich ein leichtes Herz? War er erlöst von aller Qual?

Doch wo wäre sein Zuhause? Bei seiner Mutter? War er bei ihr? Sonja hatte sie nicht erreicht, nur auf den Anrufbeantworter gesprochen, und Hanne Farak hatte nicht zurückgerufen. Obwohl Sonja ihr mitgeteilt hatte, dass ihr Sohn verschwunden war und möglicherweise eine Gefahr für sein Leben bestand.

Auf meinem Heimweg an diesem frühen Samstagmorgen fragte ich mich, was wohl das größte Unglück für Hans wäre. Was sein Herz nicht leicht, sondern mühlsteinschwer machen würde. Wenn er nach Hause käme und seine Mutter wäre gestorben? Wenn er den Goldklumpen zurückbekäme?

Was wäre das größte Unglück für deinen Vater? Was *war* sein größtes Unglück?

Du weißt es, und ich hatte keine Ahnung in jener Nacht auf der Brücke, unter der ein schwarzer Fluss rauschte, während lauter Fragen durch meinen Kopf rasten wie Meteore.

Vor mir lag ein dienstfreies Wochenende, an dem ich nichts anderes tun würde als arbeiten.

»Ich dachte, wir gehen vielleicht ins Kino«, sagte Sonja Feyerabend am Telefon. »Hatten wir das nicht ausgemacht?«

»Halb«, sagte ich. »Haben Sie mit dem Vermieter gesprochen?«

»Ja. Farak hat die Miete für Oktober bezahlt, für den November noch nicht. Trotzdem werde ich Sie nicht zu der Mutter begleiten, ich hab frei. Die Fahndung ist unterwegs, was wollen Sie im Moment weiter tun?«

Ich sagte: »Eindrücke sammeln.«

»Dann sammeln Sie Eindrücke, ich sammle Energie. Wiederhören.«

Sie legte schneller auf, als ein Kind einmal mit dem Seil springen kann. Ich rief Martin Heuer an, aber er war nicht zu Hause.

Martin war es, der mich zur Polizei gebracht hatte, weil wir beide nicht wussten, was wir nach dem Abitur anfangen sollten. Wir wussten nicht einmal, wieso wir überhaupt das Abitur gemacht hatten. Unsere Eltern hatten uns aufs Gymnasium geschickt, und wir ackerten uns durch die Jahre. Seit zwölf Jahren arbeite ich nun auf der Vermisstenstelle, vorher war ich im Mord und kurze Zeit beim Rauschgift. Ich bin Beamter, es gibt Leute, die behaupten, ich sei ein guter Polizist. Was ist das, ein guter Polizist? Ich fange vermisste Kinder ein und bringe sie ihren Eltern zurück, ich stöbere Erwachsene in ihren Verstecken auf, ich überrede sie umzukehren, es noch einmal im alten Leben zu versuchen, ich höre zu, das ist alles, worin ich gut bin.

Jeden Monat einmal denke ich darüber nach, den Dienst zu quittieren, die Pension in den Wind zu schreiben, aufzubrechen. Und dann fällt mir kein Ort ein, kein Ziel, dann fehlt mir die Leidenschaft.

Ich lebe allein, seit meine letzte Freundin, eine Straßenbahnfahrerin, mich verlassen hat. Ihre Entscheidung war plausibel. Was sollte sie auf Dauer mit einem Mann anfangen, der entweder arbeitet oder sein Alleinsein zelebriert? Außerdem trinke ich regelmäßig und nicht wenig. Im Moment habe ich ein Verhältnis mit einer Wirtin, die ich aber nie anrufe.

Ich hatte Zeit am Wochenende.

Bevor ich an der Haustür in der Einhornallee 14 klingelte, lehnte ich mich mit dem Rücken gegen die nasse gelbe Wand, schloss die Augen und dachte an die leere Wohnung, die Johann Farak irgendwann vor dem achten

Oktober verlassen hatte. Ich wollte, wenn ich gleich seiner Mutter gegenübertrat, von dieser Leere besessen sein.

»Sie haben sich umsonst bemüht«, sagte sie an der Tür. »Mein Sohn hat sich schon lange von mir abgewandt.«

Sie war eine schlanke Frau um die siebzig mit einem bewegungslosen Gesicht. Stumm führte sie mich ins Wohnzimmer, dessen Einrichtung so abweisend wirkte wie die Bewohnerin. In einem Schrank aus Eichenholz Bücher hinter Glas, ein Sofa mit demselben dunklen Stoff bezogen wie der Stuhl, der so tief unter den Tisch geschoben worden war, dass seine Lehne die graue Wachstuchdecke berührte. Anscheinend saß nie jemand dort. In diesem wie vermutlich auch in den anderen Räumen bewegte man sich auf braunem Nadelfilz, ein Teppichboden, von dem ich immer schon dachte, er würde ein schäbiges Licht machen.

Warum lebte die Frau eines einstmals angesehenen Zahnarztes in einer solchen Billigwohnung, noch dazu direkt an der Autobahn, in einer Gegend am Stadtrand, deren grünste Ecken man im nahen Waldfriedhof suchen musste?

»Wenn Sie wollen, setzen Sie sich«, sagte sie.

Ich zog den Stuhl unter dem Tisch heraus und setzte mich. Offensichtlich hatte sie nicht damit gerechnet. Sie verfolgte meine Bewegungen mit stummer Feindseligkeit.

Ich stellte meine Frage: »Wann haben Sie Ihren Sohn zuletzt gesehen?«

»Das ist Jahre her.«

Ich sah sie an. Sie hatte die Arme verschränkt und

stand da wie von unsichtbaren Ketten umschlungen. Sie trug eine graue Bluse, darüber eine dunkelblaue Strickjacke, einen schwarzen Rock und graue Fellhausschuhe. Wenn sie schwieg, schienen ihre schmalen Lippen nach innen zu wachsen.

»Meine Kollegin hat Sie angerufen«, sagte ich. »Sie haben sie nicht zurückgerufen.«

Sie schwieg.

Es waren die Reste eines Geruchs, die mich veranlassten, mich umzusehen. Doch ich konnte nicht finden, wonach ich Ausschau hielt.

Von draußen hörte ich das ununterbrochene Rauschen der Autos. Bestimmt nahm Hanne Farak den Verkehr nicht mehr wahr.

»Ihre Tochter macht sich große Sorgen um Johann.«

Nachdem ihre Lippen wieder zum Vorschein gekommen waren, sagte sie: »Das ist ihre Spezialität.«

Von den Heizkörpern unter dem Fenster war mindestens einer aufgedreht. Aber es kam mir vor, als würde die warme Luft von dem eisigen Atem, den Hanne Farak ausströmte, zurückgedrängt, als würden meine Worte in ihr Schweigen tauchen wie in Schnee.

»Sie hat ihn als vermisst gemeldet, sie war bei der Polizei, jetzt wartet sie in seiner Wohnung. Er hat sie nicht angerufen, obwohl er das sonst jedes Jahr an ihrem Geburtstag macht. Haben Sie eine Vorstellung, wo er sein könnte?«

Ich erhielt keine Antwort.

»Seit wann leben Sie in diesem Haus?«

»Seit fast zwanzig Jahren«, sagte sie tonlos.

Ich drehte mich zum Tisch, legte die Arme auf die Platte, faltete die Hände und starrte vor mich hin.

Obwohl ich nirgends einen Aschenbecher entdeckt hatte, roch es nach Rauch. Und ich war mir sicher, Hanne Farak war Nichtraucherin. Und ich bildete mir ein, dass es nicht nur nach abgestandenem Zigarettenrauch roch, sondern noch nach etwas anderem, was nichts mit der Frau zu tun hatte. So karg diese Wohnung auch eingerichtet war und so unwirtlich sie jedem Gast, sofern je einer kam, erscheinen mochte, schmutzig oder heruntergekommen war sie nicht.

Und doch lag etwas Schmutziges in der Luft, Partikel von Schweiß und Ausdünstungen ungewaschener Kleidung, vielleicht ein Hauch von Rasierwasser.

Vielleicht. Vielleicht wollte ich auch nur eine leere Wohnung damit füllen.

Vielleicht sollte ich einfach aufstehen, die starre Frau beiseiteschieben und die Türen der übrigen Zimmer aufreißen, um nachzusehen.

Warum denn nicht? Wozu war ich denn hier? Was redete ich, anstatt zu handeln?

Und ich sprang auf, ging an der verblüfften Frau vorbei auf den Flur, öffnete die nächstliegende Tür und blickte in ein Zimmer, in dem ein schmales Bett, ein schmaler Schrank und ein Stuhl standen, über dem Kleidungsstücke ausgebreitet waren. Sie stammten nicht von einem Mann.

Dann ging ich ins Zimmer nebenan, eine Rumpelkammer, bis zur Decke vollgestapelt mit Kisten, Kartons und Taschen.

In der Küche stand eine Vase mit frischen gelben Rosen auf dem Tisch, und im Badezimmer hing ein bunter Vorhang vor der Wanne. Es gab also doch Farben in dieser Wohnung.

Ich schloss die Badezimmertür und wartete auf eine Reaktion von Hanne Farak. Sie hatte das Wohnzimmer nicht verlassen, alles, wozu sie sich aufraffte, war, dass sie sich herumdrehte und zu mir hersah.

»War Ihr Sohn vor kurzem hier?«

»Nein.«

»Halten Sie es für möglich, dass er sich umbringt?«

»Er führt sein eigenes Leben.«

»Hassen Sie Ihren Sohn?«

Schlagartig passierte eine Wandlung mit ihr. Sie ließ die Arme sinken, machte einen Schritt auf mich zu, blieb stehen, öffnete den Mund, hob das Kinn und schnitt eine Grimasse, die auf ihrem zementierten Gesicht grotesk aussah.

»Reden Sie doch nicht so Zeug daher«, sagte sie und ihre Stimme klang jetzt kräftig und tief, wie von einer anderen Person. »Dass Mutter und Sohn getrennte Wege gehen, ist normal. Wenn das nicht passiert, dann haben Sie ein Problem, ich als Mutter und Sie als Sohn, das wissen Sie doch. Da braucht man doch keinen Hass. Wenn Sie erwachsen werden, treffen Sie Ihre eigenen Entscheidungen, spielt keine Rolle, ob das jemand passt oder nicht. Ich hab meine Entscheidungen getroffen, und mein Sohn hat seine Entscheidungen getroffen, und mein Mann hat seine Entscheidungen getroffen. Und sogar meine Tochter hat ihre Entscheidungen getroffen, und es spielt keine Rolle, dass ich vieles nicht verstehe von dem, was sie treibt. Geht mich nichts an. Und Sie tauchen unangemeldet hier auf und reden von Hass! Gehen Sie jetzt, ich hab Sie freundlich reingelassen, und jetzt reichts. Raus hier.«

Sie machte eine Handbewegung, verharrte eine Sekunde, ging hastig zur Wohnungstür und riss sie auf.

»Mein Sohn wird sich nicht umbringen. Blasen Sie bloß dieses Polizeitrara ab. Das ist ja peinlich, was meine Tochter da angezettelt hat.« Sie wirkte, als sei sie aus einem Tiefschlaf erwacht. Sogar ihre Augen weiteten sich, und ihre Hände flogen auf und nieder. »Was bedeutet das überhaupt, Sie suchen nach ihm? Kommt sein Bild jetzt in der Zeitung?«

Beinahe hätte ich das Wichtigste vergessen.

»Haben Sie ein Foto von Ihrem Sohn?«

»Wozu?«, fragte sie.

»Ich würde gern eines mitnehmen. Wir brauchen es vielleicht für die Fahndung.«

»Nach meinem Sohn wird nicht gefahndet!«, rief sie. »Hauen Sie ab.«

Jetzt war ich es, der Schweigen verbreitete. Für den radikalen Umschwung in ihrem Verhalten gab es meiner Einschätzung nach nur eine Erklärung: Sie hatte, nach langer Zeit, deinen Vater getroffen, und diese Begegnung hatte sie derart aufgewühlt, dass sie zunächst versuchte, ihre Empörung oder Ratlosigkeit mit aller Macht zu unterdrücken. Bis sie begriff, dass das Auftauchen ihres Sohnes keine Privatsache mehr war.

»Was machen Sie noch hier?«, blaffte sie.

Warum lebte sie in dieser Wohnung? In dieser Gegend?

Hatte ihr Mann das gesamte Vermögen mit in seine Heimat genommen und ihr nichts gelassen? Bekam sie überhaupt eine Rente?

Je länger ich schwieg, desto nervöser wurde sie. Und gerade als sie zu einer Äußerung ansetzte, die garantiert laut ausgefallen wäre, sagte ich: »Wenn Sie ein Foto von Ihrem Sohn haben, geben Sie es mir bitte!«

Sie benötigte zwei Anläufe. »Ich … Ich hab keins. Verstanden?«

Bevor wir uns gegenseitig mit neuem Schweigen bestraften, sagte ich auf Wiedersehen und ging.

In der Nähe des lang gezogenen zweistöckigen Wohnblocks mit den drei Holztüren und der gelben Fassade setzte ich mich in den Dienstwagen, den ich mir ausnahmsweise geliehen hatte, weil ich unterwegs allein sein wollte, und wartete. Ich wartete, weil ich einerseits ratlos war und andererseits ziemlich sicher, dass Hanne Farak uns zu ihrem Sohn führen würde. Nur konnte ich mir nicht erklären, warum sie dieses Spiel trieb und warum meine Frage, ob sie ihren Sohn hasse, sie auf so drastische Weise aus dem Gleichgewicht gebracht hatte.

Eine Viertelstunde später verließ sie das Haus und winkte aufgeregt dem langsam näher kommenden Taxi, das sie offensichtlich bestellt hatte.

6

Im Grunde hatte ich mit dem Ziel gerechnet. Und auch wieder nicht. Zu viel zu falsch gehofft. Sie stieg aus dem Taxi und ging mit schnellen Schritten zur Haustür, klingelte, schlug ungeduldig mit der Hand dagegen, klingelte ununterbrochen weiter und stieß, als vermutlich das Summen ertönte, die Tür so heftig auf, dass diese gegen die Wand im Treppenhaus krachte. Ich blieb im Wagen sitzen.

Jetzt würde Hanne Farak mit ihrer Tochter sprechen.

In der Zwischenzeit rief ich im Dezernat an und erkundigte mich bei dem Kollegen, der Wochenenddienst hatte, ob auf die Vermisstenmeldung Reaktionen erfolgt seien.

»Bisher nichts«, sagte Paul Weber.

»Wie geht's dir?«, fragte ich ihn.

»Der Computer lenkt mich ab.«

Vor drei Wochen hatten wir seine Frau zu Grabe getragen, siebenundzwanzig Jahre waren die beiden verheiratet gewesen. Sie war an Krebs gestorben, nachdem es schon schien, als habe sie die Krankheit überwunden. Paul war neunundfünfzig und damit der dienstälteste Kommissar in der Vermisstenstelle. Ich kannte ihn länger als jeden anderen Kollegen außer Martin. Manchmal, wenn wir Spätdienst hatten, teilten wir eine gute Stille. Als der Sarg in die Erde gelassen wurde, streckte Paul die Hand aus, hielt den Arm schräg nach unten, und seine Finger zeigten auf die Grube, als würde er den Sargträgern den Weg weisen. Oder seiner Frau. Oder sich selbst. Oder seinem Schatten.

»Und du?«, sagte er. »Wo treibst du dich rum?«

»Ich war bei der Mutter, sie hat mich angelogen.«

Das ist nichts Besonderes, musst du wissen, uns lügt jeder an. Wohin wir auch kommen, um welche Art Fall es sich handelt, niemand sagt einfach die Wahrheit. Sogar wenn Kinder verschwunden sind und die ganze Familie vor panischer Aufregung kaum denken kann, sind Eltern dazu in der Lage, uns falsche, manipulierte, unvollständige Informationen zu geben; sie wollen einfach, dass wir bestimmte familiäre Dinge nicht erfahren, sie versuchen günstiges Licht zu verbreiten, weil sie sich schämen oder schuldig fühlen. Wir sind keine Richter. Wir ermitteln nur, wir tragen Indizien und Beweise zusammen, wir sammeln Erkenntnisse, deren Bewertung uns schon nicht mehr zusteht.

»Was denkst du über den Fall?«, fragte Paul Weber.

Er wollte reden, und ich hatte Zeit. Von meinem Auto aus konnte ich die Eingangstür in der Bauerstraße im Auge behalten.

»Das Mädchen ist merkwürdig«, sagte ich. »Das Mädchen aus dem Treppenhaus.«

»Ist sie seine Geliebte?«

»Möglich. Sie ist ihm jedenfalls wichtig, und er ihr auch. Ich hoffe, ich finde sie wieder.«

»Du musst in diese Kneipe gehen, wo sich die beiden getroffen haben«, sagte er.

»Ja.«

Dann schwiegen wir.

Im Hintergrund hörte ich eine Stimme. Paul hielt die Sprechmuschel zu, bevor er leise sagte: »Der Chef macht Überstunden.«

»Das bedeutet, er ist auf der Flucht«, sagte ich.

Volker Thon, der die Vermisstenstelle im Dezernat 11 leitet, ist der einzige Kommissar in unserer Abteilung, der verheiratet ist und Kinder hat. Manche Kollegen halten ihn für eingebildet und versnobt, ich halte ihn für einen fähigen und verantwortungsvollen Polizisten und ansonsten für weitgehend unerträglich. Meist kommt er mit einem Seidenhalstuch, an dem er ununterbrochen nestelt, teuren Schuhen und einem Leinensakko ins Büro, er duftet nach teurem Eau de Cologne, und ich schätze, seine Socken kosten mehr als alles, was mein Freund Martin Heuer gewöhnlich am Leib trägt.

Doch der wahre Grund, warum ich Volker Thon für unerträglich halte, ist, dass er mir jeden Tag von neuem durch seine bloße Anwesenheit zeigt, wie weit ich mich ins Abseits manövriert habe. Niemand hat mich gezwungen, ich habe mich allein dorthin gebracht, wo ich mich befinde, in einem Winkel jenseits jeder Gemeinschaft.

Du wirst einwenden, ich sei Polizist und damit mittendrin in einer Gemeinschaft und täglich gezwungen, in einer Gruppe zu funktionieren. Das ist wahr. Und ich funktioniere auch. Doch dieses Funktionieren ist nichts weiter als ein Halt. Hätte ich diesen Beruf nicht, würde ich vermutlich überhaupt keinen Beruf ausüben, und ich werde meinem Freund Martin immer dankbar sein, dass er mich damals zur Polizeischule überredet hat. Ich weiß nicht, was sonst aus mir geworden wäre.

Jemand wie dein Vater?

Hatte er nie die Möglichkeit gehabt, einen Beruf zu erlernen? Weder seine Schwester noch seine Mutter wussten, womit er Geld verdiente. Und der Nachbar sagte, Johanns ehemalige Freundin, die Lehrerin, habe ihn ausgehalten. Traust du ihm das zu? Er kam in die Stadt, um nichts anderes zu tun, als Holzbretter zu bemalen? Mehr als fünfzehn Jahre lang?

»Warum beschäftigt dich der Fall so?«, fragte Paul Weber.

»Johann Farak gehörte nirgends dazu.«

»Das ist was anderes«, sagte Weber, der mich schon so lange kennt. »Du gehörst dazu, zu uns, zu deinen Freunden …«

»Ja.«

»Es ist wichtig, eine Familie zu haben, jemanden, mit dem man die Sachen teilt …«

Und das Zimmer, dachte ich.

»Und mit dem man sich später gemeinsam erinnern kann, sonst verkümmert was in dir, sonst verkrustet und versteinert alles in dir.«

Ich musste an den Satz denken, den Mathilda gesagt hatte: *Mein Bruder ist daran kaputtgegangen wie eine Skulptur aus Glas, die man in eisige Kälte stellt.*

»Du hast frei, Tabor«, hörte ich Paul von fern sagen. »Geh ins Kino, mach was für dich. Das ist ein Fall wie jeder andere.«

»Ja.«

Es fing leicht zu regnen an, und im Auto war es kalt. Wieder schwiegen wir. Und nach einer Weile hörte ich durchs Telefon, wie jemand rief: »Was ist das denn für eine unfertige Meldung?« Es war Thon, wahrscheinlich hatte er gerade die neuen Akten gelesen.

»Ruf mich noch mal an«, sagte Weber.

Ich legte auf und sah aus dem Fenster. Leute mit Plastiktüten voller Lebensmittel bogen um die Ecke, geduckt unter dem Regen, mit ausdruckslosen Gesichtern. Aus der Tür, die ich beobachtete, kam niemand. Ich überlegte, was ich tun solle, wenn deine Großmutter herauskam. Ihr weiter folgen? Zu deiner Tante hinaufgehen und sie fragen, worüber sie gesprochen haben?

Ich dichte dir eine Familie an.

Plötzlich sollst du zu einer Familie gehören, die dich nicht kennt. Wird es eines Tages wichtig für dich sein, eine Familie zu gründen? Mit jemandem das Zimmer zu teilen, in dem das Leben stattfindet, in den großen wie in den armseligen Zeiten? Du hast nicht gelernt, wie es ist, in einer Familie aufzuwachsen, deine Mutter hat dich alleine großgezogen, vermutlich hatte sie immer wieder Freunde, Liebhaber, aber die ersetzen keinen Vater. Du bist ein Einzelkind. Wie ich. Ich kann nicht beweisen, ob alle Einzelkinder so werden, ich jedenfalls wurde ein Einzelerwachsener.

Vielleicht hat Paul Recht, vielleicht sollte man sich zwingen, nicht allein zu bleiben.

In diesem Moment ging die Haustür auf und zwei Frauen kamen heraus, Hanne Farak und eine andere, jüngere Frau, die ich noch nie gesehen hatte. Sie gaben sich die Hand, wobei sie die Arme ausstreckten, wie um sich nicht zu nah zu kommen, und gingen in verschiedene Richtungen auseinander. Die jüngere Frau stieg in einen roten VW Golf. Ich startete meinen Dienstwagen.

Wir verließen Schwabing in nördlicher Richtung, überquerten auf der Leopoldstraße den Frankfurter Ring und kamen in jene Gegend aus Flachbauten, Wohnsiedlungen, Tankstellen, Industrieanlagen, Autohändlern und Bordellen, die München ein urbanes Gesicht gibt. Im Gegensatz zu den meisten übrigen Vierteln ist dies keine der Masken, von denen Touristen und der Oberbürgermeister schwärmen, wenn sie von dieser Stadt sprechen.

Kurz nach der Abzweigung der Heidemannstraße, die Milbertshofen mit Freimann verbindet, bogen wir links ab und erreichten eine Siedlung von Ein- und Zweifamilienhäusern, deren Straßen Vogelnamen hatten. Sperlingweg, Elsterweg, Dohlenweg, Regenpfeiferweg … Der rote Golf hielt vor dem Haus Bachstelzenweg 1 a, die Frau stieg aus und ging auf ein Gebäude mit Holzdach und Giebelfenstern zu. Bevor sie aufsperrte, senkte sie den Kopf, und auf die Entfernung, aus der ich sie beobachtete, schien es, sie müsse erst Mut einatmen.

Nachdem sie im Haus war, wartete ich ein paar Minuten, bevor ich hinüberging und die Namen las. Einer davon war mir bekannt. Ich klingelte.

»Ja?«, sagte eine Stimme in der Sprechanlage.

Ich sagte: »Polizei.«

Die Tür wurde geöffnet. Vor der Wohnung im Erdgeschoss stand die Frau, die ich im Auto verfolgt hatte.

»Mein Name ist Tabor Süden. Ich möchte mit Ihnen über Johann Farak sprechen.«

Sie zögerte, dann sagte sie: »Meine Mutter ist krank, ich muss mich um sie kümmern.«

»Sie waren in der Bauerstraße.«

Sie erschrak.

»Wir setzen uns in die Küche und reden«, sagte ich. »Sie wissen, dass seine Schwester ihn als vermisst gemeldet hat. Sie hat Angst, dass er sich umbringt.«

»Er hat sich noch nie umgebracht«, sagte Andrea Langer.

In der Küche roch es nach Medikamenten und Gemüsesuppe, und ich bekam Hunger. Mein Magen fing sogar an zu knurren.

Andrea Langer hatte tiefe Augenringe im blassen Gesicht, ihre halblangen Haare waren strähnig und an den Spitzen ausgefranst, sie trug einen langen karierten Rock und einen beigen Pullover, der ihre Erscheinung fahl wirken ließ.

Ob ich einen besseren Eindruck auf sie machte, ist allerdings zweifelhaft. Wie immer hatte ich mich nicht rasiert und vergessen, mir die Haare zu waschen, die mir inzwischen bis auf die Schultern fielen. Außerdem wäre es an der Zeit gewesen, meine an den Seiten geschnürte Lederhose einer intensiven Reinigung zu unterziehen. Auch das vergaß ich regelmäßig, zog die Hose trotzdem oft an, weil ich mich in ihr geborgen fühlte, selbst wenn ich bei längerem Sitzen den obersten Knopf unter dem Gürtel öffnen musste. Bei einem Meter achtundsiebzig waren knapp neunzig Kilo deutliches Übergewicht, egal ob man nach der Broca-Formel oder dem Body-Mass-Index rechnete.

»Es scheint, wir könnten beide einen Schnaps vertragen«, sagte Andrea Langer.

Ich schätzte sie auf Mitte vierzig, vielleicht aber hatte sie heute nur einen alten Tag.

Ich sagte: »Wäre es möglich, eine Tasse Suppe zu bekommen?«

Sie lächelte, ging zum Schrank und holte einen Teller.

»Eine Tasse genügt«, sagte ich.

»Ich hab keine Suppentassen.«

Sie stellte den gefüllten Teller vor mich auf den Tisch.

»Möchten Sie ein Brot dazu?«

»Nein.«

»Guten Appetit. Trotzdem einen Schnaps?«

»Unbedingt.«

Wir tranken Aquavit, der zu den Gewürzen in der heißen Suppe gut passte.

»Meiner Kollegin haben Sie erzählt, Sie hätten seit zwei Jahren keinen Kontakt zu Johann Farak«, sagte ich mit brennender Zunge. Gierig löffelte ich weiter. »Und heute wollten Sie ihn besuchen.«

»Ich wollte ihn nicht besuchen. Ich wusste ja, dass er nicht da ist.«

»Woher?«

Mit nach vorn gebeugtem Oberkörper drehte ich den Kopf. Andrea Langer hatte sich nicht hingesetzt, sondern lehnte am Kühlschrank, der so niedrig war wie der Elektroherd daneben.

»Mathilda hat mich angerufen.«

»Wann?«

»Heute Morgen.«

Ich löffelte den Rest der Suppe und leckte mir die Lippen.

»Nachschlag?«, fragte Andrea.

Ich schüttelte den Kopf. Sie nahm den Teller, ließ Wasser drüberlaufen und stellte ihn in die Spülmaschine. Außer dem leisen Brummen des Kühlschranks war kein Geräusch in der Wohnung zu hören. Wahrscheinlich schlief die Mutter.

Andrea setzte sich auf den Stuhl an der Längsseite des Tisches.

»Ich hab lang überlegt, ob ich hinfahren soll«, sagte sie. »Diese Jahre mit ihm haben mich ausgelaugt, aber das hab ich erst hinterher gemerkt. Ich hab gedacht, ich kann ihm helfen. Ich hab echt geglaubt, irgendwann ändert er sich, macht was aus seinem Leben, hört mit dieser dämlichen Malerei auf, macht was Anständiges.«

»Was?«

Sie sah zur Tür, dann mit müdem Blick zu mir.

»Alles, bloß nicht mehr das, was er tat. Alles ... alles ...«

Ich beugte mich vor und legte die Hände auf den Tisch. »Wie lange waren Sie mit ihm zusammen?«

»Fast zehn Jahre.«

»In dieser Zeit haben Sie ihn finanziell unterstützt.«

»Drücken Sie sich immer so geschwollen aus?«, fragte sie. Die Müdigkeit in ihren Augen hatte sich innerhalb einer Sekunde in Aggressivität verwandelt, die sie selbst am meisten erschreckte.

»Entschuldigung«, sagte sie hastig. »Entschuldigung, Herr ... Herr Süden, ich hab nur plötzlich an ... Finanziell unterstützt, Sie haben ja Recht, das hab ich getan, ihn unterstützt, auch mit Geld, vor allem mit Geld. Wovon hätte er sonst leben sollen?«

»Er hatte keinen Job?«, fragte ich.

»Doch«, sagte sie und ihr Gesicht wurde hart. »Doch, er hat gemalt, das wissen Sie doch. Er hat Holz geschnitzt und es bemalt. Und manchmal hat er auch richtige Bilder gemalt, auf Papier, mit Ölfarbe, mit Aquarellfarbe, mit Buntstiften, das war sein Job. Leider kein Job, der ihm viel Geld eingebracht hat, meist gar keins.«

»Was hat er getan, bevor Sie ihn kennenlernten?«

»Dasselbe.«

»Und wer hat damals für ihn bezahlt?«

Sie schüttelte den Kopf und stand auf. Wieder blickte sie zur Tür. Legte die rechte Hand flach auf ihren Bauch und zog die Schultern hoch, wie sie es vor der Haustür getan hatte. Sie atmete mit offenem Mund. Ohne es zu merken, stand sie da, in sich verzurrt, abwesend, mitten in einer noch immer nicht überwundenen Vergangenheit.

»Gehen Sie ruhig zu Ihrer Mutter«, sagte ich.

Sie schien mich nicht verstanden zu haben. Ich lehnte mich zurück und sah zu ihr hinauf. Jetzt bemerkte sie meinen Blick.

»Entschuldigung«, sagte sie wieder. »Sie hat …« Sie stöhnte, drückte den Kopf in den Nacken und setzte sich zur Tür gewandt hin. »Dr. Posch nennt es Altersdepression. Viele alte Menschen haben das, sie sind niedergeschlagen, sie fangen plötzlich an zu weinen, sie kapseln sich ab, sie sprechen nicht mehr. Meine Mutter ist siebzig, das ist eigentlich noch nicht so alt, aber sie hat … Sie war früher schon so. Sie hat dann getrunken, früher, meine ich, heute nicht mehr, heute rührt sie keinen Tropfen an. Ich weiß nicht, ob das besser ist. Ein Schnaps zwischendurch ist gesund, das weiß ich, mir hilft er jedenfalls. Wollen Sie noch einen?«

»Jetzt nicht.«

»Sie wohnt zurzeit bei mir, im kleinen Zimmer, was soll ich machen? Sie hat sonst niemand. Mein Vater ist tot. Und Freunde hat sie keine, sie hat ein paar Bekannte aus dem Amt, wo sie gearbeitet hat, sie war beim Einwohnermeldeamt, die Frauen besuchen sie auch, aber da passiert nichts. Die kommen, reden ein bisschen und ziehen wieder ab. Die sind auch alle allein, und das wollen sie auch bleiben. Ist seltsam, nicht? Anstatt dass man sich zusammentut, wenn man allein ist, will man erst recht allein bleiben.«

»Aus Gewohnheit«, sagte ich.

»Bitte?« Irritiert hob sie den Kopf, den sie, wie erschöpft, in die Hand gestützt hatte. »Aus Gewohnheit … kann sein. Was meinen Sie damit?«

»Das Alleinsein kann man wenigstens«, sagte ich.

»Ich nicht«, sagte sie und stand auf. »Ich kann das nicht. Ich bin froh, dass ich den halben Tag unter Leuten bin. Ich bin an der Balthasar-Neumann-Schule im Harthof, nicht weit von hier, Gott sei Dank ist mein Platz dort sicher. Ich hab vorher in Schwabing unterrichtet, nach der Trennung von Johann musste ich umziehen, ich wollte eine billigere Wohnung. Ich hab mich an der Schule hier beworben, und es hat geklappt. Gott sei

Dank. Ohne die Kinder würde ich eingehen. Die halten mich wach, die geben dem Ganzen einen Sinn. Ich bin froh, dass ich weg bin aus Schwabing, wir haben in der Tengstraße gewohnt, Johann und ich.«

»Wann haben Sie sich getrennt?«

Sie schüttelte den Kopf, als wolle sie nicht daran erinnert werden. »Vor ... ungefähr vor fünf Jahren, ich weiß nicht, was in den letzten zwei Jahren mit ihm passiert ist, ich meine, weil er jetzt verschwunden ist und ... und seine ...«

Sie stockte. Sie machte einen Schritt auf die Tür zu, verharrte.

»Das bedeutet, nach Ihrer Trennung haben Sie noch drei Jahre miteinander Kontakt gehabt«, sagte ich. Irgendwie hatte ich den Eindruck, ich hätte mich schon wieder geschwollen ausgedrückt.

»Kontakt«, sagte sie abfällig. »Kontakt, ja ... Er zog in die Bauerstraße, das ist ums Eck von unserer alten Wohnung. Ein Saufkumpan von ihm hat ihm die Wohnung überlassen. Ich hab ihn ständig auf der Straße getroffen.«

Ich sagte: »Haben Sie seine Miete bezahlt?«

Sie kam auf mich zu. »Wirklich nicht. Er hat gearbeitet. Unvorstellbar, aber wahr. Auf einmal hat er Geld verdient. Er arbeitete als Lagerist in einem Baumarkt. Aushilfslagerist. Aber wieder mit Holz um sich rum. So hat er seine Miete bezahlt.«

»Seine Schwester weiß davon nichts«, sagte ich. »Sie sagt, sie hat ihm regelmäßig Geld geschickt.«

»Die Mathilda. Sie hat ihm Geld geschickt, immer wieder. Er hat sich nie bedankt. Die Mathilda ... Sie ist nett, aber sie lebt auch bloß in ihrer eigenen Welt da draußen in Münzing. Sie ist da nie weggekommen, und dann verunglückt auch noch ihr Mann. Sogar ihre Mutter hat es geschafft, da rauszukommen, sie nicht, die Mathilda hockt immer noch auf dem Land, und das Einzige, woran sie sich festhält, ist die Frage, wie es ihrem Bruder geht. Der hat sich nie um sie gekümmert. Trotz des Geldes, das ihr ja auch nicht in den Schoß fällt. Hat sie Ihnen erzählt, er ruft jedes Jahr an ihrem Geburtstag an und gratuliert? Das erzählt sie jedem. Wenn ich mich richtig erinnere, hat er genau ein einziges Mal bei ihr angerufen, und da hat er sie um Geld angeschnorrt. Ich hab zufällig mitgehört, sie haben gestritten, und danach hat er sie nie wieder angerufen. Sie redet sich was ein, was bleibt ihr auch übrig? Sie schickt Geld. Vielleicht tröstet sie das. Die Leute brauchen einen Trost, sonst drehen sie durch. Das darf man nicht verurteilen, wenn sie sich belügen, ist das ihre Sache. Ich seh das so.«

»Johann hat seine Wohnung leergeräumt«, sagte ich und wollte jetzt nicht daran denken, wie Sonja Feyerabend reagieren würde, wenn ich ihr die Neuigkeiten mitteilte. »Er ist verschwunden. Und es gibt Leute, die halten es für möglich, dass er sich umbringt.«

»Ich halte das auch für möglich«, sagte sie. »Aber bisher hat er es nie getan, wie gesagt.«

»Wo könnte er sein?«

Sie schüttelte den Kopf.

»Seine Mutter war auch in der Bauerstraße. Was wollte sie?«

»Erst hat sie allein mit Mathilda gesprochen, da hab

ich nicht zugehört, dann haben wir ein bisschen rumgeplaudert, ich kann die Frau nicht ausstehen.«

»Glauben Sie, sie weiß, wo ihr Sohn steckt?«

»Bei der weiß man nie.«

Ich sagte: »Stimmt es, dass Sie mit ihm bei einem Psychologen waren?«

»Woher wissen Sie das?«

»Ein Nachbar hat es mir erzählt.«

»Und woher weiß der das?«

»Von Johann oder von Ihnen.«

»Von mir nicht«, sagte sie und strich sich die Haare hinter die Ohren. »Das stimmt. Wir waren bei Dr. Posch, eine Kollegin in der Schule hat ihn mir empfohlen. Er ist Allgemeinmediziner und Psychotherapeut. Zuerst hab ich gedacht, er könnte Johann helfen, aber das war ein Irrglaube. Johann hat ihn ausgelacht, er war ein paar Mal dort, mir zuliebe, nichts ist dabei rausgekommen, nichts. Immerhin habe ich auf diese Weise den Arzt kennengelernt, und als es meiner Mutter immer schlechter ging mit ihrer Depression, bin ich zu ihm gegangen. Meine Mutter mag ihn, er kümmert sich um sie. Ich bin gleich wieder da.«

Sie verließ die Küche, und ich hörte, wie sie behutsam eine Klinke drückte.

7

»Die Leute nennen ihn den Spinner von Schwabing«, sagte er, rieb sich mit dem blauen Handtuch übers Gesicht, trank Mineralwasser aus einer kleinen Plastikflasche und blies Luft zwischen den Lippen hervor. Vor zehn Minuten war Dr. Matthias Posch vom Joggen zurückgekehrt, und nun ging er im Zimmer auf und ab, um, wie er sich ausdrückte, »runterzukommen«. Anscheinend war er durch den Englischen Garten, in dessen Nähe sich seine Wohnung befand, nicht gelaufen, sondern geprescht. Ich hatte vor der Tür gewartet, und er hatte mich außer Atem begrüßt.

»Ich seh ihn manchmal an der Münchner Freiheit«, sagte er. »Meiner Meinung nach ist er Alkoholiker, das ist seine Krankheit. Aber wie die meisten Alkoholiker weigert er sich, seine Krankheit zur Kenntnis zu nehmen.«

Ich sagte: »Das trifft nicht nur auf Alkoholiker zu.«

Er hielt in seinem Hin-und-her-Gehen inne, schnaufte, trank einen Schluck. Er war um die fünfzig, schlank, hatte eine sonnengebräunte Haut und trug eine graue Markensporthose und ein billiges Sweatshirt mit der Zahl vierundzwanzig auf der Brust. Seine Sportschuhe hatte er im Flur ausgezogen, ebenso die roten Socken. Barfuß schlurfte er über den Teppich, während ich auf der Ledercouch saß.

»Das Problem ist, wie Sie wissen, Alkohol ist ein gesellschaftliches Spielzeug, jeder spielt damit, und wenn Sie nicht mitspielen, fallen Sie auf.«

»Warum, glauben Sie, hat Johann Farak angefangen zu trinken?«

»Das weiß ich nicht.«

»Haben Sie ihn nicht danach gefragt?«

»Doch.« Er stellte die Flasche auf den Tisch, rubbelte mit dem Handtuch, das er um die Schulter gelegt hatte, seinen Nacken und ließ sich auf einen Stuhl fallen, der genauso aussah wie die Stühle, die unser Polizeipsychologe in seiner Praxis stehen hatte. »Ich hab ihn gefragt, warum er trinkt, er antwortete, er hätte Übung darin.«

»Das ist eine kluge Antwort.«

»Das ist eine dumme Antwort«, sagte der Arzt.

»Es ist die Wahrheit.«

Er gab schnurrende Laute von sich. Seine gespreizten Zehen tippten abwechselnd auf den Boden.

»Ist dieser Mann suizidgefährdet, Dr. Posch?«, fragte ich. Klang das geschwollen?

»Das weiß ich nicht«, sagte er und richtete sich auf. Anscheinend kam er endlich runter. »Wir haben uns ungefähr fünf- oder sechsmal gesehen, er kam zu mir und redete drauflos, er hatte nicht das geringste Interesse daran, von mir etwas zu erfahren.«

Ich sagte: »Was hätte er von Ihnen erfahren können?«

Posch benötigte nicht einmal fünf Sekunden, um die Irritation über meine Frage in ein Grinsen zu verwandeln.

»Etwa …«, begann er, machte eine kurze Pause und fuhr, immer noch halbseitig lächelnd, fort, »… welche Möglichkeiten zur Veränderung er hätte.«

»Lassen Sie mich raten, Dr. Posch«, sagte ich. »Sie hätten ihm empfohlen, das Saufen sein zu lassen.«

Immerhin hörte der Arzt auf zu grinsen, was ich angemessen fand.

»Was wollen Sie eigentlich von mir, Herr …«

Diese Form der Provokation war so billig wie das Sweatshirt, das er anhatte und sich vermutlich von seinem Sohn ausgeliehen hatte.

»Süden«, sagte ich. »S-ü-d-e-n.«

Im Schweigen, das folgte, fiel mir auf, wie hell es im Zimmer war, obwohl es draußen dämmerte und hier drin nur ein kleiner Halogenstrahler brannte. Verglichen mit dieser Wohnung war meine ein Verschlag.

»Ich bin unter anderem dafür zuständig, Leute zu finden, die selbstmordgefährdet sind«, sagte ich, geschwollener denn je. »Und ich dachte, Sie könnten mir vielleicht dabei helfen.«

»Aber ich kenne den Mann praktisch nicht, den Sie suchen.« Er erhob sich und tupfte sich mit dem Zipfel des Handtuchs den Mund ab, als wäre es eine Serviette und er hätte gerade sein Hors d'œuvre beendet. »Es ist Jahre her, dass er bei mir war, das wissen Sie doch. Oder besser gesagt: Dass Frau Langer ihn zu mir geschickt hat. Wenn sie nicht gewesen wäre, wäre er noch mehr unter die Räder gekommen. Johann Farak hatte überhaupt kein Ziel, keine Idee, was er mit seinem Leben anfangen sollte, er dachte, es würde immer jemanden geben, der sich um ihn kümmert, er hat jede Verantwortung für sich abgelehnt.«

»So ein Blödsinn«, sagte ich.

»Bitte?«

Er stand mitten im Zimmer, die Hände in den Taschen seiner Sporthose, fabelhaft selbstbewusst.

»Woher wissen Sie, dass er die Verantwortung für sein Leben abgelehnt hat?«, sagte ich. »Sie kennen ihn nicht.«

»Warum sind Sie dann hier?«, fragte er.

Ich sagte: »Ich habe mich geirrt. Sie kennen Johann Farak nicht und Sie wissen nichts über ihn.« Dennoch blieb ich sitzen, die Ledercouch war ein entspannender Ort.

»Ich hab noch zu arbeiten, Herr Süden.«

»Wie ich.«

Da wir schon geübt hatten, schwiegen wir wieder.

Dann sagte der Arzt: »Ich würde jetzt gern duschen.«

Ich stand auf. »Kommt es häufig vor, dass Alkoholiker sich umbringen? Nicht durch den Alkohol, auf andere Weise.«

»Natürlich«, sagte er. »Aber schon das Trinken ist oft eine Methode zum Selbstmord. Und oft kann das niemand beweisen. Jemand trinkt sich zu Tode, heißt es. Unterstellen wir ihm Absicht, wie jemandem, der sich aufhängt? Bei so jemandem ist es offensichtlich, er ist freiwillig aus dem Leben geschieden. Aber bei Alkoholkranken neigen wir, vor allem die Angehörigen, dazu zu sagen, er war eben süchtig, er hat's nicht hingekriegt, der Arme. Ohne psychologische Autopsie haben Sie in solchen Fällen keine Chance, die wahren Ursachen und Motive kennenzulernen. Und es gibt praktisch keinen Selbstmörder, bei dem keine psychische Ursache festzustellen ist. Das wäre fast ein Widerspruch. Erst wenn man die mentale Verfassung des Selbstmörders rekonstruiert hat, kann man entscheiden, ob es sich tatsächlich um einen Selbstmord oder um einen Unfall gehandelt hat. Eine äußerst wichtige Klärung, nicht nur für die Familie, auch für die Polizei, wie Sie wissen. Ich betone noch mal, Alkoholmissbrauch kann eine Form des versteckten oder natürlich auch offenen Selbstmords sein, wenn Sie jedoch von einer anderen Form des Suizids sprechen, durch Erhängen, durch Waffen, durch Tabletten, müssen Sie davon ausgehen, dass der Tat eine psychische Krankheit zugrunde liegt. Depressionen etwa, manische Depressionen, Borderlinesyndrome, antisoziale Persönlichkeitsstörungen, Schizophrenie ... Diese Menschen sind diagnostizierbar psychisch krank.«

»Welche Störung haben Sie bei Johann Farak festgestellt, Dr. Posch?«, fragte ich.

»So weit sind wir nicht gekommen, wie Sie wissen. Ich vermutete eine Art manischer Depression, zumindest im Anfangsstadium. Er hat mir nichts erzählt, was seine frühen Jahre betrifft, womöglich zeigte er bereits bestimmte Auffälligkeiten in seiner Jugend und Kindheit, er hat mir nichts gesagt, er hat nur geredet.«

»Worüber?«

»Über seine Bilder, über Leute, die er kennt, über Tagesaktualitäten, banales Zeug.«

»Und Sie haben nicht versucht, ihn ... runterzubringen?«

»Was denn sonst, Herr Süden?«

Wir standen im Flur, vor einem schmalen hohen Spiegel, in dem unsere Gesichter von der Reflexion des Lichts glänzten.

»Bei unserer letzten Sitzung ging ich aus dem Zimmer und ließ ihn einfach weiterreden. Er begriff überhaupt nicht, was passierte. Danach haben wir uns nicht mehr gesehen.«

»Und in dem Wust von Worten, mit dem er Sie zugeschüttet hat, war nichts, was Sie aufhorchen ließ? Was Sie auf eine Spur zu den Ursachen seines Zustands gebracht hat?«

»Das Einzige«, sagte der Arzt, »woran ich mich erinnere, ist sein Ausspruch: Alles, was ich mache, ist wertlos und sinnlos, und das war es immer. Etwas in der Art. Natürlich habe ich versucht, an dieser Stelle einzuhaken, aber da war er schon wieder weit weg, platzte schier vor Gerede. Ich weiß nicht, in welchem Zustand er heute ist, damals kam er mir bei aller Verzweiflung, unter der er litt, sehr energetisch vor, sehr lebendig, aggressiv, voller Power. Aggressionen sind auch Zeichen von Lebendigkeit. Und diese Mischung, Herr Süden, ist eine der gefährlichsten, die es gibt. Jemand, der sich in einer Depression befindet, dazu krankhaft trinkt und gleichzeitig wie aufgedreht, wie überdreht durch die Welt geht, dessen Zustand ist in höchstem Maße lebensbedrohlich. Eine amerikanische Dichterin, die diese Zustände aus eigener Erfahrung kannte, sprach von einer furchtbaren Energie, die sie nicht zur Ruhe kommen ließ, wie ein Tiger im Käfig, der auf und ab läuft, berstend vor unerträglicher Unruhe. Menschen, die sich in solchen Zuständen befinden, sind extrem selbstmordgefährdet. Und ich glaube, Johann Farak befand sich in solchen Zuständen von Kindesbeinen an. Ich kann es nicht beweisen, ich weiß es nicht, ich vermute es nur. Ich weiß nicht einmal, ob es in seiner Familie schon Fälle von Selbstmord gegeben hat. Wissen Sie es?«

»Nein«, sagte ich. Und nahm mir vor, danach zu fragen.

»Was werden Sie jetzt tun?«

Ich sah in den Spiegel und begegnete dem Blick des Arztes. Ich wusste keine Antwort.

Ich ging einfach immer weiter, über die kleine Brücke, unter der der Eisbach fließt, quer über die Wiese, eine weite Strecke, bis ich das schlammige Erdreich unter meinen Schuhen bemerkte. Zurück auf dem Kiesweg, waren meine Stiefel und ein Teil der Hosenbeine vollkommen schmutzig. Aber ich blieb nicht stehen. Wie von einem Ruf gelockt, folgte ich dem Weg am Kleinhesseloher See entlang, wandte mich nach links und erreichte nach ungefähr einer Viertelstunde den Biergarten am Seehaus, dessen Bänke und Tische leer und verlassen im Halbdunkel standen. Hinter den Fenstern des Restaurants brannten Lichter. Spaziergänger kamen an mir vorbei, ein Gast trat aus dem Lokal auf die Terrasse und steckte sich eine Zigarette an, er trug einen Anzug und eine Fliege, und nun hörte ich die Musik, eine Band spielte Tanzlieder, und ich sah die Schemen von Leuten, die sich bewegten, im Kreis drehten, umherliefen.

Mit dem Ärmel meiner Lederjacke wischte ich über eine der Holzbänke und setzte mich, den Blick auf den schwarzen See gerichtet, über den lautlos die Schwäne glitten.

Und ich hörte die Frage des Arztes wieder: *Was werden Sie jetzt tun?*

Was werden Sie jetzt tun?

Heute weiß ich, wer wirklich etwas für ihn hätte tun können, in jenem Moment dachte ich nicht an eine konkrete Person, sondern an ein sphärisches Wesen, wie es jedem von uns an die Seite gestellt ist, ähnlich einer Elfe, die eine Pflanze beschützt. Anders als wir Menschen wissen Pflanzen den Wert der ihnen zugeteilten Elfe zu schätzen, sie haben ein kosmisches Vertrauen zu ihr. Wenn eine Pflanze stirbt, überwintert die Elfe in der Erde und sorgt sich im Frühjahr um eine neue Pflanze. Es heißt, Elfen tun fünf Jahre Dienst auf Erden, bevor sie in ihre sphärische Welt zurückkehren, wo sie allerdings nicht für immer ausharren müssen, wenn sie nicht wollen. Sie dürfen dann auf die Erde zurückkehren. Falls sie bleiben möchten, können sie sich im Lauf von tausend Jahren zu Feen entwickeln.

Wir Menschen dagegen sprechen oft von Schutzengeln, aber wir glauben nicht an sie, wir glauben an Airbags, Sicherheitsgurte, raffinierte Bremssysteme, Hightechtriebwerke, an die Geistesgegenwart von Bodyguards und Polizisten. So haben wir den Anschluss an das Andere verloren, an das Wesen, das uns begleitet und keinen Schatten wirft, aber nicht minder real ist.

Auf der Bank am Ufer hörte ich das leise Plätschern des Wassers und die Stimmen der Tänzer im Seehaus, die mit der Band mitsangen. Ich stellte mir den Tröster Raphael vor, wie er auf der Suche nach deinem Vater umherirrte, in einem undurchdringlichen Nebel. Ich wünschte, Raphael möge sich um deinen Vater kümmern, denn Raphael lindert die Ängste der Menschen und hilft ihnen, ihre innere Zerrissenheit zu überwinden.

Eine Krähe schrie, eine zweite antwortete, und dann durchdrang ein schwarzes Flattern die Luft, die kalt und feucht und schwer war. Ich fror. Ich war allein. Ich war erschöpft. Ich lehnte mich zurück und stieß mit dem Rücken gegen den Holztisch. Ich schloss die Augen.

Was werden Sie jetzt tun?

»Ich weiß nicht, was ich tun soll«, sagte ich.

»Das glaube ich nicht«, sagte jemand.

Ich drehte mich um. Ein Mann kam auf mich zu, er trug einen Mantel, der über die Erde schleifte, und hatte einen Holzstab in der Hand, mit dem er kräftig auf den Boden stieß, als prüfe er bei jedem Schritt dessen Konsistenz.

»Grüß Gott«, sagte ich.

»Glaubst du an Gott?«, fragte der Mann. Etwas an ihm war ungewöhnlich, aber ich kam nicht darauf, was es war.

»Ich zahle sogar Kirchensteuer.«

»Dann bist du bestimmt Beamter«, sagte er und setzte sich neben mich. Sein Mantel verströmte den Geruch nach nassem Laub und Erde. Er klopfte mit dem Stock, der ihn fast überragte, auf den Kies. »Du weißt, was du tun musst«, sagte er. »Du weißt es genau.«

»Ich kenne dich«, sagte ich. »Ich hab dich schon einmal gesehen, wie heißt du?«

»Raphael.«

Ich erschrak. Noch jetzt, viel später, erinnere ich mich an den Schrecken, der mich durchfuhr.

»Raphael«, wiederholte ich mit leiser Stimme. Und traute mich nicht, ihn näher anzusehen, vielmehr wandte ich den Kopf ab und starrte zum anderen Ufer des Sees, hinter dem eine weite dunkle Ebene begann.

»Ich bin zu der Geburtstagsfeier eingeladen«, sagte er. »Ich hab keine Lust. Ich glaub, ich kehr wieder um.«

Ich wollte ihm sagen, dass er sich unbedingt um Johann Farak kümmern müsse, sofort, dass dein Vater ihn brauche, dass es um Leben und Tod gehe, dass er der Einzige sei, der deinen Vater retten könne.

Mit allem Mut, zu dem ich fähig war, drehte ich den Kopf.

Er war verschwunden.

Zuerst dachte ich, ich würde noch seinen Waldgeruch wahrnehmen, doch ich täuschte mich. Dafür passierte etwas, das unglaublich war.

Unglaublich und wundervoll.

Obwohl es Nacht war und der Himmel schwarz, gingen plötzlich drei Monde auf, einer im Norden, einer im Osten und einer im Westen. Jedenfalls bildete ich mir ein, dass es diese Himmelsrichtungen waren. Und ich befand mich auch nicht mehr an einem See, sondern auf einer Plattform über der Stadt, auf einem breiten flachen Dach, von dem aus ich in die Ferne schauen konnte. Doch meine Blicke galten nur den drei Monden, deren Schleier sich verzogen hatten und die so hell leuchteten wie eine Sonne. Fasziniert sah ich hinauf, und es kam mir vor, als strahlten die Monde Energie aus, als flößten sie mir Kräfte ein, mit denen ich jede Krankheit überstehen, jede Not ertragen würde. Ich weinte fast vor Übermut. Und nichts anderes empfand ich in diesem Moment: ein nie gekanntes, seelentiefes Glück. Und dabei war es noch immer Nacht, die Häuser, die Straßen lagen im Dunkeln, der Himmel war noch immer schwarz, nur die drei Monde hingen dort oben wie fokussiert auf mich allein. Auf der Dachterrasse gingen noch andere Menschen umher, und ich machte sie auf das Phänomen aufmerksam, doch sie wirkten nicht sehr beeindruckt, beinahe desinteressiert. Ich aber berauschte mich an dem Anblick und an der Freude, die mich erfüllte.

Noch Stunden nachdem ich aufgewacht war, überwältigte mich die Erinnerung an diesen Traum.

Da war ich bereits von sehr profanen Dingen berauscht und vom Lärm der Musik und der Stimmen derart gefoltert, dass ich das Mädchen mit dem halb geschorenen Kopf erst bemerkte, als sie kehrtmachte und wie eine Nahkämpferin mit rudernden Armbewegungen durch die Reihen der Gäste drängte, auf den Ausgang zu.

8

»Wie heißt der? Wie?«, brüllte der Mann hinter dem Tresen, vor dem die Trinker sich aneinanderkuschelten, als würden sie sich lieben. Aus den Lautsprechern, deren Anzahl ich auf ungefähr zwanzig schätzte, donnerte Rockmusik aus den siebziger Jahren, katastrophale Songs wie »Paranoid« von Black Sabbath oder »Shanghai'd in Shanghai« von Nazareth. Dazwischen »20th Century Boy« von T. Rex oder für die, die noch nicht vollständig taub waren, »You really got me« von den Kinks in einer scheppernden Liveversion. Vielleicht lag das Scheppern auch an meinem Schädel, der vom Kreischen und Wummern der Instrumente langsam Risse bekam.

»Johann«, schrie ich über den Tresen und stützte mich auf dem Rücken eines jungen Mannes ab, der unbeweglich vor mir stand. »Johann Farak.«

»Kenn ich nicht«, brüllte der Barkeeper. Er war um die dreißig und hätte der Sohn einiger seiner Gäste sein können.

An der Schwabinger Sieben in der Feilitzschstraße, einem engen, von Rauch und Alkohol und den Ausdünstungen unsterblicher Helden patinierten Lokal, hatte die Jahrtausendwende keinerlei Spuren hinterlassen. Nicht einmal die üblichen Kneipenkiller, die im Auftrag der Stadtverwaltung, einer Brauerei oder eines Architekturbüros auch in dieser Gegend Amok gelaufen waren, hatten es geschafft, dieses Relikt aus den späten Vierzigern zu sanieren, geschweige denn es verschwinden zu lassen.

Mit dem fünften Bier in der Hand, einem Pils aus der Flasche, quetschte ich mich an der Wand entlang, umzingelt von schwitzenden, geröteten Gesichtern. Garantiert sah ich nicht besser aus.

»Kennst du Johann Farak?«, schrie ich einen Mann an, der ungefähr so alt war wie ich, genauso unrasiert und seine Haare zu einem Zopf geflochten hatte.

Er schüttelte den Kopf.

»Ich kenn ihn«, brüllte mir jemand ins Ohr.

Hinter mir stand ein dürrer Mann um die fünfzig, der eine krumme selbst gedrehte Zigarette rauchte.

»Was willst 'n von dem?«

»Ich will ihm sein Geld zurückgeben«, schrie ich gegen den Sänger von AC/DC an. Wenn ich gesagt hätte, ich sei von der Polizei, hätten vermutlich auf einen Schlag hundert Leute das Lokal verlassen, aus Gründen des Verstoßes gegen das Betäubungsmittelgesetz, um es geschwollen auszudrücken.

»Glaub nicht, dass der kommt«, sagte der dürre Mann.

Der Zopf meinte: »Kenn ich den?«

»Hanse«, sagte der Dürre. »Du kennst doch den Hanse, mit dem ich im Baumarkt arbeite. Der Hanse.«

»Der Hanse«, sagte der Zopf. »Ewig nicht mehr gesehen. Wieso kommt der nicht mehr?«

»Er ist auch nicht mehr bei uns«, sagte der Dürre und stieß mit der Zunge die Zigarette von den Lippen. Der Boden war übersät von Kippen.

»Ist er rausgeflogen?«, fragte ich.

Jetzt fing auch noch »In-A-Gadda-Da-Vida« an.

»Ist einfach nicht mehr aufgetaucht, der Hanse«, sagte der Dürre. Er klemmte die Bierflasche unter den Arm, zog ein zerknülltes Päckchen Tabak aus der Hose und rollte sich eine Zigarette, ungerührt, auch wenn er ständig angerempelt wurde. Am Ende brachte er ein dünnes verbogenes Ding zustande, von dem ich fürchtete, es würde sofort vollständig in Flammen aufgehen, wenn er es anzündete.

»Und wo ist er jetzt?«, fragte ich.

»Daheim, oder?«, sagte der Dürre.

»Da ist er nicht, ich war ein paar Mal dort.«

»Soll ich euch ein Bier mitbringen?«, fragte der Zopf.

Er sollte. Nach den drei Gläsern Aquavit bei Andrea Langer hatte ich Durst auf Bier, und je mehr ich trank, desto eindringlicher standen mir die Begegnung mit dem Mann am See vor Augen und die Monde danach. Von diesem Schauspiel, das spürte ich an den Rändern meines wachsenden Rausches, würde ich noch lange zehren.

»Wo könnte der Hanse sein?«, fragte ich.

»Vielleicht bei seinem Baum«, meinte der Dürre.

»Was für ein Baum?«, fragte der Zopf.

»Der hat einen Baum im Nymphenburger Park, da geht er immer hin.«

»Und was macht er da?«, fragte der Zopf, der, wenn er nicht trank, seinen rechten Zeigefinger in den Flaschenhals steckte und die Flasche an seinem Arm baumeln ließ.

»Weiß ich doch nicht«, schrie der Dürre. »Ich hab ihn nicht gefragt, er hat's mir von sich aus erzählt. Wahrscheinlich malt er da, er ist ja Maler, also Künstler …«

»Wann hast du ihn zuletzt gesehen?«

»Ist über 'n Monat her«, sagte der Dürre. »Mindestens über 'n Monat. Oder? Oder, Karre?«

Karre, der Zopf, zuckte mit den Achseln, zog den Finger aus der Flasche und trank sie aus.

»Ich hol noch eins«, sagte er.

Später holte ich Nachschub. »In-A-Gadda-Da-Vida«, schien mir, lief immer noch, Stunde um Stunde. Inzwischen hatten wir uns alle drei vorgestellt: Karre, Rudi, Tabor. Immer mehr Gäste kamen herein, und nur die wenigsten kehrten aus Platzmangel wieder um. Wie ich diese Enge aushielt, war mir ein Rätsel. In meinem Kopf herrschte ein Jahrmarkt aus Stimmen: Mathilda Ross, Hanne Farak, Dr. Posch, Andrea Langer, Rudi, Karre, Leute um mich herum, Dr. Sick, der Polizeipsychologe, der ebenfalls plötzlich zu hören war wie ein Gespenst.

»Alles klar so weit?«, rief Rudi.

Ich hob den Kopf. Und das Mädchen drehte ihren von mir weg. Für eine Sekunde hatten sich unsere Blicke gekreuzt, und wir erkannten uns beide.

Ich schob Karre zur Seite – »He, spinnst du?« – und boxte mich mit den Ellbogen durchs Gedränge. Dabei verlor ich das Mädchen aus den Augen, dann erkannte ich ihren halb rasierten Kopf in einer Gruppe Jugendlicher, die die Tür belagerten. Mehrere Flaschen streiften meinen Hinterkopf, manche Gäste kapierten erst nach komplizierten Verrenkungen meiner Hände, dass ich vorbeiwollte, und die Jugendlichen an der Tür fanden es total spaßig, mich mit Sprüchen wie »Heim zu Omi?« zuzutexten, bevor sie mich durchließen.

Auf der Straße bekam ich erst einmal einen Hustenanfall. Vornübergebeugt torkelte ich über den Bürgersteig und spuckte auf den Boden. Das Mädchen war nirgends zu sehen. Ich ging bis zur U-Bahnstation, kniff die Augen zusammen und stierte durch die Gegend.

»Das war Liane«, sagte ich zu Rudi, nachdem es mir gelungen war, den Körperdschungel in der Kneipe erneut zu durchqueren, ohne erschlagen oder von Zigarettenglut verstümmelt zu werden.

»Genau. Liane. Genau«, sagte Rudi. »Ich glaub, die haben was miteinander, der Hanse und die.«

»Die ist doch noch minderjährig«, sagte Karre.

»Ja und?«, sagte Rudi.

Endlich schrubbten Status Quo ihre Gitarren, und ich brauchte dringend ein frisches Bier. Ich angelte drei Flaschen am Tresen.

»Wie heißt die Liane mit Familiennamen?«, fragte ich.

»Keine Ahnung«, sagte Rudi. »Bist du 'n Bulle?«

»Ja«, sagte ich.

»Hätt ich nicht gedacht«, sagte Karre.

»Na ja«, sagte Rudi. Seine Freundschaft zu mir schien mit jedem Riff von Status Quo weniger zu werden. »Spionierst du hier rum?«

Ich sagte: »Ich such Johann Farak. Seine Schwester hat ihn als vermisst gemeldet.«

»Der hat doch gar keine Schwester«, sagte Rudi.

»Er hat eine, ich hab mit ihr gesprochen.«

»Und was willst du von uns?«, fragte Rudi. Mit der Grimmigkeit hatte er noch Probleme, er versuchte, entsprechend dreinzuschauen, aber der Alkohol zauberte immer wieder ein abgetakeltes Grinsen in sein Gesicht.

»Vielleicht wisst ihr, wo er sein könnte.«

»Wie war das mit dem Baum?«, fragte Karre.

»Ihr wisst also nicht, wie das Mädchen heißt?«, fragte ich.

»Liane«, brummte Rudi.

»Ich hau ab«, sagte ich. »Gib mir bitte deine Telefonnummer, vielleicht muss ich dich noch was fragen.«

Rudi legte den Kopf schief.

»Es ist wichtig«, schrie ich, denn jetzt waren Deep Purple an der Reihe.

Schließlich brachte Rudi seinen Mund wieder auf. »Hast was zum Schreiben?«

Ich notierte seine Nummer und seinen Familiennamen auf meinem kleinen karierten Block und verabschiedete mich. Traumhafter Grasgeruch versüßte mir den Kampf zum Ausgang der Höhle.

Auf der Heimfahrt im Taxi ging mir meine erste und einzige Begegnung mit unserem Psychologen nicht mehr aus dem Kopf, in dem es zischte und brummte und hämmerte. In meinem Zustand kam mir die Erinnerung an meine Sitzung bei Dr. Sick wie ein grotesker Film vor, in Schwarzweiß. Wir saßen in einem vollkommen weißen Raum, und Dr. Sick trug einen Baumkuchen als Hut, seine Füße waren nackt und sahen aus wie mit Schokolade überzogen.

Jedes Mal, wenn ich kicherte, blickte der Taxifahrer in den Rückspiegel.

»Ihr Chef hat um dieses Gespräch gebeten«, sagte Dr. Sick. »Und Sie haben zugestimmt.«

Und Sie haben zugestimmt, hörte ich das Echo in meinen Ohren.

»Fühlen Sie sich bedrängt?«, fragte er. »Fühlen Sie sich unwohl?«

Wohl wohl wohl.

»Nein«, sagte ich.

»Sie können gehen, wenn Sie wollen. Sie sind freiwillig hier.«

»Ja.«

»Darf ich Ihnen ein paar Fragen stellen?«

»Darf er.«

Der Taxifahrer sah in den Spiegel. Ich saß auf der Rückbank, hinter dem Beifahrersitz in die Ecke gezwängt, und kicherte.

»In meinen Unterlagen steht, Ihre Mutter ist gestorben und Ihr Vater ist verschwunden, ist das richtig?«, fragte er.

»Ja.«

»Vermissen Sie Ihren Vater?«

»Nein.«

Ich war nicht hier, um die Wahrheit zu sagen.

»Finden Sie es nicht interessant, dass Sie auf der Vermisstenstelle arbeiten und Ihr eigener Vater verschwunden ist?«

»Doch. Das ist eine Geschichte, die schon in der Zeitung stand. ›Er arbeitet auf der Vermisstenstelle der Kripo und kann seinen eigenen Vater nicht finden.‹ Dieser Satz hat mich bekannt gemacht.«

»Schmerzt es Sie, dass Sie Ihren Vater nicht finden können?«, fragte er. Der Baumkuchen auf seinem Kopf wackelte, und seine nackten Schokoladenzehen patschten auf den Marmorboden. Plötzlich befanden wir uns in einem riesigen gekachelten Raum mit Fenstern, die bis unter die Decke reichten und durch die milchiges Licht hereinfiel. Und es war warm, in der feuchten Luft glänzte meine Haut. Mit übereinandergeschlagenen Beinen hockte ich in einem Ledersessel, nackt, die Hand auf meinem Geschlecht, nicht, um es zu bedecken, sondern um es zu spüren.

»Nein.«

»Warum«, sagte Dr. Sick, »glauben Sie, wollte Ihr Chef, dass wir uns unterhalten?«

»Vielleicht hält er mich für durchgeknallt.«

Knallt knallt knallt, hallte es durch den Raum.

»In seinen Augen«, sagte ich, »bin ich unberechenbar, einzelgängerisch und teamunfähig.«

»Sind Sie das?«

»Selbstverständlich«, schrie ich, als wäre ich noch in der Schwabinger Sieben.

»Sind Sie stolz darauf?«, fragte er von irgendwoher, wo ich ihn nicht sehen konnte.

»Nein«, schrie ich.

In diesem Augenblick tauchte sein Gesicht vor meinem auf, schweißüberströmt, von dicken Adern durchzogen.

»Sind Sie gern Polizist?«, brüllte er mich an.

Ich brüllte zurück: »Ich bin seit fünfundzwanzig Jahren bei der Polizei. Zum Jammern ist es zu spät.«

In der Halle mit den fünf Meter hohen Wänden schien sich meine Stimme zu überschlagen.

Dr. Sicks Mund war nah vor meiner Nase.

»Sie könnten den Dienst quittieren und was anderes machen«, sagte er.

Unsere Worte rasten ineinander.
»Was?«, fragte ich.
»Ich weiß nicht.«
»Ich auch nicht.«
»Sie sind nicht verheiratet?«
»Nein.«
»Leben Sie in einer Beziehung?«
»In mehreren.«
»Ist das ein Problem?«
»Für mich am wenigsten.«
»Haben Sie Angst, sich an einen Menschen zu binden?«
»Manchmal, am nächsten Morgen.«
»Trinken Sie viel?«
»Ja.«
»Wie viel?«
»Genug.«
»Geht's Ihnen dann besser?«
»Selbstverständlich«, schrie ich.

Er sah mich an. Dann verschwand sein Gesicht aus meinem Blickfeld. Kurz darauf kam er mit einer Mappe zurück, schlug die erste Seite auf, warf mir einen Blick zu, bei dem ich zum ersten Mal bemerkte, dass er schielte, und klappte die Mappe wieder zu.

»Sie sind tatsächlich hier«, sagte er, »weil Ihr Chef Sie für durchgeknallt hält.«

Ich antwortete nicht.

»Sie sind hier«, sagte er, »weil Sie Ihren Chef, Herrn Thon, an der Schulter gepackt, hochgehoben, herumgewirbelt und dann auf den Boden geworfen haben. Können Sie das erklären, Herr Süden?«

»Ja«, schrie ich, weil ich fand, meine Stimme brauchte Auslauf. »Ich habe ihn nicht auf den Boden geworfen, sondern auf einen Stuhl, einen Drehstuhl mit Rädern, der rollte nach hinten, Volker kippte nach vorn, verlor den Halt, machte eine Drehung und rutschte dann auf den Boden, auf den Teppichboden in seinem Büro. Es war eine Verkettung ungünstiger Umstände, von Anfang an.«

»Herr Süden?« Wieder war Dr. Sicks Gesicht dicht vor meinem.

»Ja?«, flüsterte ich.

»Wollen Sie mich verarschen?«, schrie er aus Leibeskräften.

»Ich verarsche niemanden«, flüsterte ich.

»Das kommt mir aber so vor«, schrie er.

Und ich schrie: »Das kommt Ihnen nur so vor.« Unbedingt wollte ich wissen, wie es ist, ein selbstständiges Echo zu sein. Armer Gedanke. Ich war Beamter, für Selbstständigkeit bezahlte der Staat mich nicht, auch wenn es in meinem Fall ein Freistaat war.

Verschwommen sah ich in der Ferne den Blick des Taxifahrers im Rückspiegel.

Wir schwiegen. Dr. Sick sah mich an. Ich sah weg. Er sah mich weiter an. Ich sah weiter weg. Zeit verging. Der Anfang eines Songs fiel mir ein: »Think of you with pipe and slippers. Think of her in bed, laying there just watching telly. Then think of me instead. I'll never grow so old and flabby, that could never be. Don't marry her, fuck me.«

»Möchten Sie, dass wir unser Gespräch beenden?«, fragte plötzlich Dr. Sick.

Was für ein Gespräch?, sagte ich nicht. Ich sagte: »Von mir aus.«

Er klopfte mit dem Stift auf die Mappe. Jetzt bemerkte ich, dass er einen weißen Bademantel trug.

»Warum haben Sie Ihren Chef so behandelt?«, fragte er.

Ich schrie: »Weil er es verdient hat.«

Er schrie: »Sie sind vierundvierzig Jahre alt, finden Sie diese Art der Reaktion nicht kindisch?«

»Doch«, brüllte ich.

Och och och, kam es von den Wänden zurück.

Dr. Sick stellte sich hinter mich und legte mir die Hand auf die Schulter.

»Tut es Ihnen leid?«, fragte er.

»Noch nicht.«

»Wie meinen Sie das?«

»Noch nicht heißt: später.«

»Wann später?«

»Wenn es mir egal sein wird.«

»Aber es geht nicht nur um Sie«, sagte er.

Ich schwieg. Dann stand ich auf.

»Ich muss gehen«, sagte ich.

»Die Stunde ist noch lange nicht um.«

»Für mich schon.«

»Ich werde einen Bericht für Herrn Thon schreiben müssen«, sagte er.

Ich drehte mich zu ihm um. Mitsamt dem Baumkuchen auf dem Kopf sprang Dr. Sick ins blaue, dampfende Schwimmbecken.

Ich stand in der Einfahrt zu meinem Wohnblock an

der Deisenhofener Straße. Mit lautem Motor raste das Taxi davon.

Vor dem grünen Haus im Innenhof blieb ich stehen und hielt mir die Ohren zu. Manchmal bekam ich eine Stimmenallergie, gegen die nur eine Überdosis Schweigen half. Ich nahm mir vor, den ganzen Sonntag in meiner Wohnung auszuharren, in dem Zimmer mit den gelben Wänden, wo ich unerreichbar war.

Das klappte nicht, wie du weißt.

9

Um vier Minuten nach drei wachte ich auf. Ich lag auf der alten Matratze in dem leeren Zimmer, es war dunkel und kalt, und ich war nackt. Manchmal nahm ich mein Bettzeug und schlief in diesem gelben Raum, aus dem ich sämtliche Möbel verbannt hatte, bis auf einen Tisch und einen Stuhl.

An diesem Platz schreibe ich dir.

Nach dem Duschen zog ich mich an und kochte Kaffee, den ich schwarz trank. Wie unter einem Zwang rief ich in der Taxizentrale an. Danach verließ ich das Haus. Durch die abweisende Nacht fuhr ich mit einem Mann, der kein Wort sprach, in die Nähe des Englischen Gartens, zu meinem Dienstwagen, den ich nach dem Besuch bei Dr. Posch dort stehen gelassen hatte.

Als ich den Taxifahrer fragte, was ich zu zahlen hätte, beugte er sich bedächtig zur Seite, um den Taxameter mit den roten Zahlen zu betrachten. Ich bezahlte und sagte: »Wiedersehen.« Der Taxifahrer schwieg. Lautlos verschwand das Auto in der Dunkelheit, Mensch und Maschine im Einklang.

Bis meine Kiste ansprang, benötigte ich drei Versuche. Es war ein relativ neuer Opel in einer unauffälligen Farbe, ideal zum Schütteln, also für Observationen, wenn die Kollegen sich bei der Verfolgung gegenseitig abwechselten, eine Aufgabe, für die ich mehr oder weniger ungeeignet war. Ich dachte ständig, der Verfolgte würde mich sofort erkennen, auch wenn ich aussah wie jeder x-beliebige Autofahrer. Außerdem ließ ich mich lieber chauffieren, nicht so sehr aus Bequemlichkeit, sondern weil ich dann Zeit hatte nachzudenken.

Manchmal war es jedoch unvermeidlich, selbst zu fahren. So wie jetzt. Besessen von der Vorstellung, deinen Vater zu treffen, raste ich mit dem Wagen am Olympiapark vorbei, bog in die Schwere-Reiter-Straße ein, kam an eine grüne Ampel nach der anderen, sodass ich schon wenige Minuten später am Nymphenburger Kanal entlang auf das Schloss zufuhr.

Sogar im Dunkeln verlor die Barockfassade nichts von ihrer schlichten Schönheit. Früher, wenn wir einen Ausflug in die Stadt machten und das Nymphenburger Schloss besuchten, empfand ich das Knirschen des Kieses unter meinen Sandalen wie ein königliches Geräusch, das es nur hier gab, zwischen der riesigen Fontäne und der Steintreppe, die zu den Sälen hinaufführte. Durch ein Schmiedeeisentor gelangte man in den weitläufigen Park, an dessen westlichem Ende das Wasser der Kaskade wie ein magisches Ziel in der Sonne glitzerte. Und rechts und links des blumenbunten Ziergartens thronten in majestätischer Größe die Marmorstatuen römischer Gottheiten auf ihren Sockeln, und ich blieb an jeder einzelnen stehen und stellte mir vor, ich wäre ihr Schatten.

Den Winter verbringen Saturn, Jupiter, Bacchus und ihre neun Begleiter in einer Holzverschalung, und der Park wird erst um zehn Uhr für die Besucher geöffnet und um sechzehn Uhr geschlossen. Als ich durch die Gitterstäbe auf die novembergraue Anlage mit den erhöhten Holzkästen blickte, war es vier Uhr morgens. In keinem der vielen Fenster des rechteckigen Wohngebäudes brannte Licht, kein Geräusch war zu hören. In meiner Erinnerung war das Tor zwar hoch, aber nicht hoch genug, um nicht mit Geschick drüberklettern zu können. Ich hatte mich getäuscht. An dieser Stelle unterhalb der Galerien war es unmöglich einzusteigen. Also ging ich an der Mauer entlang zur Schlossgaststätte, wo ich mir eine Mülltonne auslieh. Nicht weit entfernt gab es eine alte Tür, die natürlich verschlossen war und durch die man in einen Garten am Rand des Parks gelangte.

An dieser Stelle war die Mauer nur etwa zwei Meter hoch. Ich stellte die Mülltonne so nah wie möglich daran und kletterte hinauf, sie wackelte. Außerdem bin ich nicht besonders wendig, auch wenn die Frau, mit der ich gelegentlich ins Bett gehe, das behauptet. Umständlich zog ich mich nach oben. Wie ein Sack mit Beinen hing ich fest, ächzte, versuchte, mich mit den Schuhen festzuhalten, rutschte ab, umklammerte mit beiden Händen die Mauerkante, und mein Kopf hing auf der anderen Seite peinlich nach unten. Ungefähr fünf Minuten später gelang es mir, das linke Bein herumzuschwingen und mich zumindest so lange in einer Art Sitzhaltung zu stabilisieren, bis ich nach unten springen konnte und nicht mit dem Gesicht im Morast landete.

Nachdem ich mich ausgekeucht hatte, rannte ich los, in die Richtung, in der ich die Badenburg vermutete.

Mehrere Kurfürsten und Könige hatten an der Gestaltung der Schlossanlage mitgewirkt, die Badenburg, neben der Magdalenenklause eines von drei im Park verteilten Schlösschen, hatte Max Emanuel in Auftrag gegeben. Es ist ein klassizistischer zweigeschossiger Bau mit dem ersten heizbaren Hallenbad der Neuzeit. Obwohl ich noch heute nicht schwimmen kann, faszinierte mich damals dieses Bad, dessen Becken über zwei Stockwerke geht, nicht zuletzt wegen der Bilder an der Decke und der Heizanlage, die das gesamte Haus erwärmte. Hier war es, dachte ich, bestimmt schon im achtzehnten Jahrhundert wärmer als in dem Haus in Taging, in dem wir wohnten und in dem es kein fließendes warmes Wasser gab.

Das Schlösschen erhebt sich am Ufer des Badenburger Sees auf einem Sockel. Ich sah die Umrisse im Dunkeln und lief schneller. Noch immer trieb mich dieser Zwang vorwärts, ich dürfe keine Minute Zeit verlieren, sonst würde etwas geschehen, was nicht rückgängig zu machen war.

Ich weiß nicht, was ich mir vorstellte, ich weiß nur, es hatte nichts mit dem zu tun, was dann tatsächlich passierte.

Vor der Badenburg hielt ich inne, beugte mich nach vorn, stützte die Hände auf die Oberschenkel und atmete schwer. Mindestens zwei Minuten bewegte ich mich nicht von der Stelle, bis ich das Geräusch hörte, das ich nicht zuordnen konnte.

Das Geräusch kam vom See, nicht vom Wasser, vom Rand des Sees, und ich machte einen Schritt darauf zu. Doch störte mich das Knirschen unter meinen Schuhen, und ich blieb stehen und horchte. Nur das leise Glucksen des Wassers unterbrach in gleichmäßigen Abständen die Stille.

Ich wandte mich um. Hinter dem Schlösschen begann eine Wiese, die sich zur Parkmauer im Süden erstreckte, umsäumt von Laubbäumen, von denen einer vielleicht eine besondere Bedeutung für Johann Farak hatte.

Aus diesem Grund war ich hier: den Baum zu finden, den Rudi Tink in der Schwabinger Sieben erwähnt hatte.

Warum? Ich hätte es dir nicht sagen können. Erwartete ich, deinen Vater zwischen den Zweigen hängen zu sehen? Was sonst? Eine Botschaft in einem Astloch? Es war eine Ahnung, der ich folgte, ein abseitiges Gefühl. Wie sollte ich mitten in der Nacht unter tausenden von Bäumen den richtigen erkennen? Tink hatte behauptet, der Baum stehe in der Nähe der Badenburg, dann waren es eben nur hunderte von Bäumen, die in Frage kamen.

Vermutlich wäre es klüger gewesen, dachte ich und drehte mich im Kreis und kam mir plötzlich über die Maßen lächerlich vor, meine Wirtin in Harlaching zu besuchen und diese Nacht auf andere, vernünftigere Weise zu nutzen. Um mich herum war es plötzlich nicht nur still, die Umgebung erschien mir vielmehr mondartig leblos und unbewohnbar. Mit einem Mal wurde mir bewusst, in welch irre Situation ich mich gebracht, in was für ein Labyrinth ich mich begeben hatte, aus dem ich nur entkommen konnte, wenn ich auf der Stelle kehrtmachte, ins Dezernat fuhr und die Dinge in Angriff nahm, für die ich die Verantwortung trug und die man von mir als Hauptkommissar der Kripo erwartete. Meine Aufgabe bestand darin, einen suizidgefährdeten Menschen zu finden, und zwar mit den Mitteln, die uns auf der Vermisstenstelle zur Verfügung standen. Von Einbruch, unbefugtem Betreten von Grundstücken der Schlösser- und Seenverwaltung und dergleichen war im PAG, dem Gesetz über die Aufgaben und Befugnisse der Bayerischen Staatlichen Polizei, nicht die Rede. Ganz zu schweigen vom zügigen Alkoholkonsum im Verlauf von Vernehmungen.

Vierundvierzig, dachte ich, entschlossen, nach Hause zu fahren und dort sonntägliche Einkehr zu halten, vierundvierzig Jahre alt, unberechenbar, überdreht, übermotiviert und unprofessionell. Bevor ich fortfuhr, mich in aller Peinlichkeit selbst zu beschimpfen, ließ ich noch einmal meine Blicke schweifen, betrachtete das Schlösschen mit den hohen Fenstern und der klassizistischen Fassade, hörte das sanfte Schlagen der Wellen und blieb unter einer Eiche stehen, die mir bis jetzt in der Dunkelheit nicht aufgefallen war. Ihr Stamm war alt und knorrig, wie in sich selbst verschraubt, schwere Äste hingen ins schwarze Wasser, als verbeugten sie sich vor dem Element. Eine niedrige Holzbank umfasste den Stamm. Und ich erinnerte mich, dass im Winter Eltern und Kinder ihre Jacken und Schuhe auf der Bank ablegten, bevor sie auf dem zugefrorenen See Schlittschuh liefen. Beeindruckend an der Eiche war nicht ihre Größe, der Baum wirkte eher gedrungen, es waren die Kraft, die von ihr ausging, gespeist von einer Jahrhunderte überdauernden Erdverbundenheit, und die Ruhe, die sie ausstrahlte, eine Art natürliches Vertrauen, das jeder empfand, der in ihre Nähe kam. Als wäre sie ein göttlicher Beweis dafür, dass uns die Schöpfung trotz allem, was wir ihr zufügen, noch immer duldet, uns vielleicht sogar in manchen Momenten vergibt.

Wie benommen ging ich zu der Bank, stand einige Sekunden still und kniete mich dann auf die Bretter. Ich drückte die Hände flach gegen den rauen, ruppigen Stamm, der seltsamerweise bei weitem nicht so kalt war wie die Luft. Ich bildete mir ein, die Rinde zu riechen, und neigte den Kopf vor.

In diesem Augenblick hörte ich wieder das Geräusch, ein merkwürdiges Knistern. Wahrscheinlich sah ich deswegen zuerst den Mantel und dann erst die Augen, die einen halben Meter von mir entfernt aus der Dunkelheit starrten. Obwohl ich erschrak, bewegte ich mich nicht. Die Hände weiter an den Stamm gepresst, wartete ich auf eine Reaktion.

Doch das Mädchen tat nichts. Wie ich kniete sie auf der Bank, auf der anderen Seite der Eiche, ihr Ledermantel hing wie eine Kutte an ihr herab, und ihr halb rasierter Schädel sah im Finstern unheimlich aus.

Eine Minute verstrich in Schweigen. Doch in unseren beiden Köpfen überschlugen sich die Gedanken. Was machst du hier? Wieso bist du da? Verdammter Bulle. Sag mir endlich die Wahrheit, Mädchen.

Dann, nach einem letzten harten Blick auf mich, kippte sie zur Seite, schlug den linken Stiefel in die nasse Erde und spurtete los, den Mantel wie einen flatternden Umhang mit sich ziehend, in einer Geschwindigkeit, die mich so überraschte, dass ich die Verfolgung erst aufnahm, als ihre Schritte nicht mehr zu hören waren.

Sie lief in den westlichen Teil des Parks, nicht zurück zum Haupteingang, sondern in die entgegengesetzte Richtung. Der Weg führte am See entlang, bog leicht nach rechts und teilte sich dann. Folgte man ihm in die eine Richtung, gelangte man zur Kaskade und zur Mauer am Ende des ein Kilometer langen Parks. Die zweite Möglichkeit war, den Badenburger See zu umrunden und dann dem schnurgeraden Kanal zu folgen oder, abseits davon, einem Bachlauf.

Aus der Ferne hörte ich das Flattern des Mantels, doch als ich stehen blieb, um mich zu konzentrieren, woher das Geräusch kam, flog eine Krähe aus einem Baumwipfel über mir auf und schlug mit den Flügeln einen neuen Takt. Dann schrie sie, und ich sah, wie sie über der weiten Fläche kreiste und sich schließlich im Gras niederließ.

Ich entschied mich, in der Nähe des Sees zu bleiben. Vielleicht hätte ich von dem Monopteros aus, der sich auf einer Landzunge am nördlichen Ufer befand, einen besseren Blick, zumal ein halber Mond hinter den Wolken hervorgekrochen kam und mattes Licht verteilte, in dem zumindest die Bäume zu unterscheiden waren. Der steinerne Rundtempel mit den zehn Säulen war ähnlich dem im Englischen Garten, der vor allem als Umschlagplatz für weiche Drogen berüchtigt war, im Sommer wie im Winter ein beliebter Treffpunkt für junge Leute.

Was suchte das Mädchen, das Johann Farak oft in seiner Wohnung empfangen hatte, nachts im Nymphenburger Park?

Die Antwort musste simpel sein: Sie suchte dasselbe wie ich. Aber was genau suchte ich denn? Um mir wieder einmal diese Frage zu stellen und keine klare Antwort zu bekommen.

Da zerriss ein kurzes lautes Husten die Stille. Wild krächzend stoben zwei Krähen aus dem Gezweig, und heiseres Schreien hallte über den See.

Jemand keuchte. Ich stieg die Stufen hinauf. Und da hockte sie. Kauerte an eine der Säulen gelehnt, die Beine angewinkelt, den Oberkörper tief gebeugt, rang nach Luft und konnte ihren Husten nicht länger unterdrücken.

»Steh auf«, sagte ich. »Das ist zu kalt da unten.«

Sie antwortete nicht.

Mit synchronen Bewegungen streckte sie die Beine aus, ein schnelles Scheuern, begleitet vom Kratzen der Stiefelabsätze auf dem Stein. Sie hustete noch einmal, mit weit geöffnetem Mund.

»Hallo, Liane«, sagte ich.

Immerhin veranlasste sie die Nennung ihres Namens, den Kopf zu drehen. Sogar in dem sparsamen Licht, das uns umgab, waren ihre eingefallenen Wangen und die tiefen Ringe unter ihren Augen deutlich zu erkennen. Möglicherweise hatte sie seit Tagen nicht geschlafen, nur geraucht und getrunken, immer unterwegs, rastlos und ratlos und desorientiert.

»Erinnerst du dich? Mein Name ist Tabor Süden.«

Ich lehnte mich neben sie an die Säule. Eine vage Helligkeit schälte sich aus den Wolken am östlichen Himmel und übertünchte das schmutzige Grau des Morgens, der Wind brachte das Raunen einer in der Ferne fahrenden S-Bahn, erstes Signal des beginnenden Tages am Rand der Stadt.

»Sprich mit mir«, sagte ich, »dann wird dir wärmer.«

Ein gequältes Lachen kam aus ihrem Mund.

»Bist du Johanns Freundin?«, fragte ich, die Hände in den Taschen meiner Jeans vergraben.
»Ich bin seine Geliebte«, sagte sie.
»Ist er verheiratet?«
»Blödmann!«, stieß sie hervor.
Wenn ich sie anschaute, fror ich doppelt.
»Das ist zu kalt auf den Steinen«, wiederholte ich.
Sie wiederholte ihre Nichterwiderung.
»Wie bist du hier reingekommen?«, fragte ich.
Nach einiger Zeit sagte sie gelangweilt: »Und du?«
»Über die Mauer geklettert.«
»Ganz schön bescheuert.«
»Und du?«
»Ich weiß einen besseren Weg. Und jetzt hau ab!«
»Ich bin Polizist«, sagte ich.
»Das weiß ich«, sagte sie.
»Warum bist du in der Kneipe weggelaufen?«
Sie schwieg.
Ich sagte: »Du kennst Johanns Baum. Du hast damit gerechnet, Johann hier zu treffen. Du suchst ihn. Wie ich. Wir wollen dasselbe.«
»Garantiert nicht«, sagte sie. Dann kramte sie in ihren Taschen und holte eine Packung Zigaretten und ein billiges Feuerzeug hervor. Sie rauchte mit ineinandergelegten Händen, als würde sie an einem Joint ziehen. Den Rauch sog sie tief ein, die Lippen zusammengepresst, die Augen geschlossen.
»Warum ist Johann verschwunden?«, fragte ich. »Du weißt es, Liane.«
»Nein«, sagte sie.

Die Antwort war viel zu schnell gekommen, ich vermutete, sie kannte die Gründe. Ich täuschte mich, wie du heute weißt.

Ich streckte meinen Arm nach ihr aus.

»Steh jetzt auf, Liane«, sagte ich.

Sie reagierte nicht.

»Steh auf.« Ich nahm meine Hand nicht weg. Endlich griff sie nach ihr, und ich zog sie hoch. Und bevor sie sich wieder entfernen konnte, schlang ich beide Arme um sie und drückte sie an mich. Vor Schreck fiel ihr die Zigarette aus der Hand.

Es war nur eine Geste, ein wenig hilflos vielleicht, aus der Not entstanden, der Not des Schweigens und der Verirrtheit, in der wir beide uns befanden.

Mit dem Kinn berührte ich ihre kahle Schädelhälfte, die eiskalt war, so wie ihre Hand, die ich festhielt. Eine Mischung aus Leder- und Modergeruch ging von ihrem Mantel aus, und ich spürte durch ihn hindurch, wie dürr sie war.

Sie hatte den Kopf gesenkt, als wolle sie in meine Lederjacke tauchen und sich wärmen. Aber das bildete ich mir nur ein. Schon stieß sie mich weg, warf mir einen ihrer zorneswilden Blicke zu und machte einen Schritt von mir weg.

»Du musst mir helfen, Liane«, sagte ich.

Sie wandte mir den Rücken zu. Dann blickte sie um sich, bückte sich und hob die halb gerauchte Zigarette auf. Sie blies sie an, um sie entweder vom Schmutz zu säubern oder die Glut von neuem zu entfachen, was ihr nicht gelang. Sie steckte sich die Zigarette zwischen die

Lippen und holte ihr Feuerzeug aus der Tasche. Nach dem ersten Zug stieg sie die Stufen zur Wiese hinunter.

»Ohne deine Hilfe finde ich ihn nicht«, sagte ich in ihrem Rücken.

Je mehr der Himmel sich aufhellte, desto kälter wurde es.

»War die Eiche einer eurer Treffpunkte?«, fragte ich.

»Nein«, sagte sie mit heiserer Stimme. Der Rauch schwebte in Schlangenlinien um ihren Kopf, sie zog an der Zigarette, ließ sie danach im Mundwinkel hängen.

»Wie lange suchst du Johann schon?«

Ich machte einen Schritt von der Säule weg, und sie wich zurück. Im ersten Moment dachte ich, sie würde wieder losrennen. Doch dann drehte sie sich um und ließ mich nicht aus den Augen, während ich die Stufen hinunterstieg.

Wortlos standen wir uns gegenüber.

»Wie lange?«, fragte ich.

»Wie lange was?«, sagte sie. Sie meinte es trotzig, aber es klang angestrengt, gelangweilt. Anscheinend kämpfte sie mit sich, mir etwas anzuvertrauen. Immerhin hatten wir dieselbe irre Idee verfolgt, die uns hierhergeführt hatte.

Sie schüttelte den Kopf.

»Ich hab gehört, du singst gern«, sagte ich.

Ihr Kopf schnellte in die Höhe.

»Wer sagt das?«

»Ein Nachbar in der Bauerstraße, mit dem du mal geredet hast.«

»Ich hab mit niemand geredet.«

»Mit dem Zitherspieler«, sagte ich.

»Scheißbänker«, sagte sie, spuckte den Stummel aus und kickte ihn mit dem Stiefel in den Dreck.

»Woher weißt du, dass er in einer Bank arbeitet?«

»Hat er mir erzählt, er hat gedacht, mir imponiert das, ich geh dann zu ihm in die Wohnung oder so was, der ist doch krank.«

Ich sagte: »Ich kann trommeln.«

Sie lachte kurz auf und wieder musste sie laut husten, wie vorhin.

Ich sah sie an.

Nachdem sie zu Ende gehustet, ausgespuckt und mit einer verächtlichen Grimasse Luft zwischen den Lippen hervorgepresst hatte, zuckte sie mit den Achseln, erst mit der einen, dann mit der anderen. Sie schob ihren Oberkörper vor und zurück, und ihre Bewegungen hätten zu einem motorisch gestörten Kind gepasst. In sich versunken, hampelte sie weiter herum, bis sie abrupt damit aufhörte.

Sie richtete sich auf, ballte die Fäuste, ließ die Arme herunterhängen und hob das Kinn.

»Sie haben keine Ahnung«, sagte sie mit großem Ernst in den Augen. »Sie wissen nichts.«

Vor lauter Mühe um Eindringlichkeit fing sie an, mich zu siezen. »Ich kann Ihnen nicht helfen – und Sie mir nicht, ist das klar? Ich möcht Sie nicht mehr wiedersehen, nie mehr, ich kann alleine suchen, ich find meinen Vater alleine, kapiert?«

Sie hatte sich versprochen. Sie hatte sich verraten. Und nun stand sie da, mit vor Schreck geöffnetem Mund, ihre

Wangen steingrau, und brachte keinen Ton mehr heraus. Man hätte meinen können, sie würde gleich schreien oder sie schrie bereits, und man hörte es nicht, weil sie hinter einer unsichtbaren Glasmauer schrie.

Tatsächlich erschien mir ihr ganzer Körper wie ein einziger schrecklicher Schrei, jeder Zentimeter, jeder Arm, jedes Bein, jedes Schulterblatt von einem gewaltigen Ausbruch erschüttert, der nur deshalb nicht zu sehen war, weil er von einem Mantel aus Stahl unter Verschluss gehalten wurde. Von ihrem halb kahlen Kopf bis hinunter zu den Schnürstiefeln rollte ein Beben durch sie hindurch, verschonte keine Ader, keine Vene, keinen Muskel, riss sie scheinbar von innen her in eine maßlose Tiefe, und es blieb ihr nichts, als mit einem lauten Röcheln die Tränen zu ertragen, die aus ihren Augen strömten und ihr Gesicht überschwemmten, ihren Mantel und den Platz, auf dem sie stand. Rotz spritzte aus ihrer Nase, Speichel tropfte aus ihrem Mund, sie keuchte und würgte und wurde von einem Schluckauf geschüttelt, der so stark war, dass sie mit den Armen schlenkerte.

Minutenlang versank das Mädchen in einem Strudel von Selbstauflösung. Ich sah, wie sie vor meinen Augen verschwand, und als ich sie wieder in den Arm nehmen wollte, erreichte ich sie nicht.

Ich erreichte dich nicht.

Jetzt bist du keine »dritte Person« mehr. Anders hätte ich bis zu diesem Punkt nicht über dich schreiben können, du warst eine Fremde, eine zufällige Begegnung, eine Zeugin, die uns Auskünfte hätte erteilen können, deren

Name in einem Polizeiprotokoll auftauchte und irgendwann zu den Akten gelegt worden wäre.

Liane. Die Buchstaben deines Familiennamens schriest du mir einzeln entgegen, da warst du schon zehn Meter weit entfernt und auf der Flucht vor mir, vor dir, vor dem Ort, der dich entlarvt hatte, dem kleinen korinthischen Tempel, dessen Vorbild der Feuergöttin Vesta zugeeignet gewesen sein soll.

Ohne dich hätte ich mich niemals mit diesen Dingen beschäftigt, dank dir habe ich vieles über diese Stadt erfahren, aus der ich nicht entkomme und in der ich Menschen suche, die dies ebenfalls nicht schaffen.

Oder hat dein Vater es geschafft? Wollte er überhaupt entkommen? Nach allem, was er erfahren hatte?

Nur langsam hattest du dich wieder beruhigt. Du hieltst die Luft an und wischtest dir mit dem Ärmel das nasse Gesicht ab, nach und nach verebbte dein Schluckauf, und endlich hast du dir wieder eine Zigarette in den Mund gesteckt.

»Weiß er, dass er eine Tochter hat?«, fragte ich. In seiner Familie und seinem Bekanntenkreis wusste es niemand.

Erst nach einigen gierigen Zügen gabst du mir eine Antwort.

»Ich wollte es ihm sagen. Obwohl ich meiner Mutter versprochen hab, dass ich's nicht tu. Sie hat mich drum gebeten, sie hat gesagt, wenn ich's ihm sag, dann möcht sie dabei sein. Ich wollt es ihm aber sagen, ich fand, er hat ein Recht darauf. Ich existier ja jetzt für ihn, und meine Mutter hat mir seinen Namen gesagt, also existiert er auch für mich. Aber dann hab ich ihn nicht mehr gesehen, sonst haben wir uns dauernd getroffen, in der Sieben oder bei ihm zu Haus. Ich hab ihn mir zuerst angeschaut, verstehst du? Ich wollt rauskriegen, wie mein Vater so ist. Er ist okay, das hab ich gleich kapiert, auch wenn er dauernd gesoffen hat. Ich hab auch gesoffen, ist das ein Erbstück? Kann sein. Saufen kann man erben, hab ich mal gelesen. Wir haben uns gleich gemocht, er und ich, der Hanse. Aber ich hab Johann zu ihm gesagt, so wie er richtig heißt. Johann. Er hat mich gefragt, ob er Lili zu mir sagen darf. Hab ich Nein gesagt. Meine Mama sagt Lili zu mir und meine Freundinnen, eigentlich alle, bei ihm wollt ich das nicht. Verstanden? Das war's. Ich hab ihn nicht mehr getroffen, konnt ihm nicht mehr sagen, wer ich in Wirklichkeit bin, er war schon weg. Scheiße. Ich bin jeden Tag nach Schwabing gefahren, ich hab gedacht, der muss doch da sein. War er aber nicht. Seine Kumpels hatten auch keine Ahnung. Er hat seinen Job geschmissen, was bedeutet das? Scheiße, ich werd ihn schon finden, und dich brauch ich dazu nicht, ich brauch keine Bullerei, das ist eine Familienangelegenheit, kapiert?«

»Seit wann weißt du, dass Johann Farak dein Vater ist?«, fragte ich dich.

»Seit Sommer, meine Mama hat einen schweren Unfall mit dem Fahrrad gehabt, ein Lastwagen hat sie überfahren, sie hat gedacht, sie muss sterben, das hat aber nicht gestimmt, hab ich gleich gewusst. Im Krankenhaus hat sie mir lauter Sachen aus ihrem Leben erzählt, auch wer mein Vater ist, dass er ein gescheiterter Künstler ist und so was. Vorher hat mich das nicht interessiert, wer er ist. Meine Mama hat immer gesagt, er ist weg, ins Ausland, hat sie sitzen lassen. Stimmt nicht. Sie hat ihn sitzen lassen, sie waren beide jung, zwanzig ungefähr, meine Mama wollt mich unbedingt haben, ihre Entscheidung. Sie hat ihm nicht gesagt, dass sie schwanger ist. Sie ist weg, und er hat sich nicht weiter um sie gekümmert. Sonst noch Fragen?«

In bewährter Manier spucktest du die Zigarette auf den Boden, riebst dir über den rasierten Teil des Kopfes und sahst dich um.

»Ja«, sagte ich. »Hast du jemandem erzählt, dass er dein Vater ist?«

»Nö.«

»Und du bist sicher, er hat es nicht gewusst.«

»Von wem denn? Von meiner Mama garantiert nicht.«

»Woher wusstest du, wo du ihn findest?«

Du sagtest: »Von meiner Mama, sie hat ihn mal zufällig in einem Lokal in Schwabing getroffen, vor ein paar Jahren, da hat er ihr gesagt, dass er gerade in eine neue Wohnung gezogen ist, in der Bauerstraße. Da hab ich dann mal bei ihm geklingelt und gesagt, ich mach eine Umfrage über das Lebensgefühl in der Stadt, für eine Illustrierte, er hat gleich eine Stunde drauflosgeredet. So hab ich ihn kennengelernt, meinen Vater. Danach sind wir in die Sieben, und von da an haben wir uns regelmäßig getroffen.«

»Wollte er was von dir?«, fragte ich, und du schriest mich an: »Spinnst du? Hast du eine kranke Fantasie, oder was? Wir waren Freunde …«

»Du hast gesagt, du bist seine Geliebte«, sagte ich.

»Na und?« Deine Stimme tobte durch die Dämmerung. »Geliebte! Ich bin seine Geliebte. Aber wir vögeln nicht, kapiert? Lass mich in Ruhe, verdammt.«

Im nächsten Moment bist du davongestapft.

»Und dein Familienname?«, rief ich dir hinterher. »Ich brauche ihn für mein Protokoll. Außerdem hast du mir nicht die ganze Wahrheit gesagt.«

Natürlich, dachte ich, hat sie das nicht getan.

Aber ich täuschte mich, täuschte mich schon wieder in dir.

»W-o-e-l-k!«, brülltest du, mit dem Rücken zu mir, jeden Buchstaben einzeln, und ich holte meinen kleinen Block hervor und notierte den Namen.

In großem Abstand folgte ich dir. Du hast es gemerkt, aber es kümmerte dich nicht. Noch Fragen?, hast du mich gefragt, und ich hatte noch viele und wusste, du würdest sie mir nicht beantworten, nicht jetzt, nicht in diesem Park, zu diesem Zeitpunkt.

Wenigstens hatte ich deinen Namen, und so würde es nicht schwierig sein, in deiner Nähe zu bleiben, um auf diese Weise vielleicht eine konkrete Spur zu deinem Vater zu finden.

Nein, du hast mir keinen falschen Namen gegeben, du heißt wirklich Liane Woelk und wohnst gemeinsam mit deiner Mutter in der Edeltrautstraße 82 in Neutrudering.

Doch als ich an diesem Sonntagnachmittag dorthin kam und deine Mutter die Tür öffnete, wusste ich sofort, dass ich nicht auf eine neue Spur stoßen, sondern in einen neuen Abgrund blicken würde.

Was willst du, Liane?
Du musst sprechen, sonst erfrierst du von innen her.

10

»Das glaube ich nicht, was Sie da behaupten«, sagte Mathilda, »ich glaube Ihnen kein Wort, Sie wollen mich bloß verwirren und mich ärgern.«

Vergebens hatte ich sie überreden wollen, mit mir in ein Restaurant zu gehen. Sie lehnte es ab, die Wohnung in der Bauerstraße zu verlassen.

»Aber Sie müssen essen.«

Ich stand neben dem Bett, in dessen Daunendecke sie sich gewickelt hatte, vollständig bekleidet, sogar ihren Wollmantel hatte sie anbehalten.

Ihre Augen waren schmale Schlitze, ihre Wangen sahen aus wie aufgequollen, im Zimmer roch es nach Bier, obwohl ich nirgends eine Flasche entdeckte. Wahrscheinlich hatte sie sie weggeräumt, um sich selbst zu belügen.

Dann wurde mir klar, dass ich sie nicht überzeugen konnte, und ich erzählte ihr von dir.

»Das ist alles Lüge«, sagte sie anschließend. »Sie dürfen mich nicht anlügen, Sie sind Polizist.«

»Warum haben *Sie mich* angelogen?«, sagte ich.

Sie senkte den Kopf, ihre bleichen Finger umklammerten die hellblaue Decke, sie hielt sie fest, als fürchte sie, jemand wolle sie wegziehen.

»Sie haben keinen Kontakt zu Ihrem Bruder«, sagte ich. »Er ruft nie bei Ihnen an, er kümmert sich nicht um Sie, obwohl Sie ihm immer Geld geschickt haben. Sie reden sich alles nur ein.«

»Nein!«, rief sie. Dabei verschluckte sie sich, presste aber sofort die Lippen aufeinander und unterdrückte ein Husten. Wie du in der Dunkelheit.

»Sie reden sich ein, Johann würde an Sie denken und Ihnen regelmäßig zum Geburtstag gratulieren, aber das tut er nicht. Vielleicht hat er es noch nie getan.«

»Doch«, brachte sie mit gequälter Stimme hervor.

»Nein«, sagte ich und setzte mich aufs Bett. Sie gab sich einen Ruck, kam aber nicht von der Stelle, sie war zu erschöpft. Auch das Sprechen bereitete ihr Mühe, das Sprechen und das Zuhören, das ich ihr nicht ersparte.

»Ich war bei Ihrer Mutter, ich habe gehofft, sie würde über Ihre Familie sprechen und mir bei der Suche nach Ihrem Bruder weiterhelfen. Und ich vermute, sie hat mich genauso angelogen wie Sie, ich glaube, Ihr Bruder war bei ihr, und zwar erst kürzlich, und ich darf nicht erfahren, was er wollte. Wissen Sie es? Was haben Sie mit Ihrer Mutter gesprochen? Sie war hier, auch seine ehemalige Freundin war hier, worüber haben Sie geredet? Was hat Ihre Mutter Ihnen erzählt? Frau Ross! Wo ist Ihr Bruder?«

Ihr Blick fixierte einen Punkt an der leeren Wand. Wie mechanisch rollte sie die Bettdecke Zentimeter für Zentimeter zusammen, unaufhörlich bewegten sich ihre Hände und Unterarme vor und zurück, was sie nicht zu bemerken schien. Obwohl die Daunenrolle immer dicker wurde, machte sie mit starrem Blick weiter, jetzt kamen ihre Füße zum Vorschein und ich sah, dass sie dicke graue Wollsocken trug.

»Frau Ross«, sagte ich. »Hören Sie damit auf!«

Sofort hörte sie auf. Sie ließ die Decke los, streckte die Arme aus und legte die Hände flach aufs Bett. Außer nach Alkohol roch sie nach ungewaschener Kleidung.

»Was wollte Ihre Mutter von Ihnen?«

»Nichts.« Sie holte Luft, schluckte, und ihr Atem rasselte. »Sie hat gesagt ... wir sollen ihn in Ruhe lassen ...«

»Also weiß sie, wo er ist.«

»Nein ... nein ... glaub ich nicht ...«

»Sie haben mit Ihrer Mutter allein gesprochen, was wollte sie von Ihnen?«

»Nichts«, sagte sie leise.

Das genügte. Ich sprang auf, packte die Decke, bevor Mathilda die Arme hochbrachte, warf die Decke auf den Boden, griff nach Mathildas Händen, trat zwei Schritte zurück und zog deine Tante aus dem Bett. Damit sie sich nicht fallen ließ, schlang ich ihre Arme um mich und stellte sie aufrecht hin wie eine große plumpe Puppe.

Da stand sie, schwankte und begriff unübersehbar zum ersten Mal seit einer halben Stunde, wo sie sich befand und mit wem.

»Alles in Ordnung?«, fragte ich.

Sie sagte heiser: »Mir ist schwindlig.«

»Das geht vorbei.«

»Ich muss mich hinsetzen.«

»Jetzt nicht«, sagte ich. »Ziehen Sie sich Schuhe an, wir machen einen Spaziergang.«

»Nein.«

»Dann passen Sie auf.«

»Hilfe«, rief sie. Ich packte sie unter den Achseln und schleifte sie in den Flur. Ich kniete mich vor sie hin, hob ihren rechten Fuß, stülpte den Schuh darüber, band ihn zu, dann machte ich dasselbe mit dem linken Fuß. Mit den dicken Socken hatte sie einen festen Halt in den Schuhen.

Fünf Minuten später torkelte sie an meinem Arm aus dem Haus.

Es war ein grauer, kühler Sonntag, kurz vor elf.

»Wo gehen Sie hin?«, fragte Mathilda.

»Kommen Sie einfach mit«, sagte ich.

»Und wenn mein Bruder in der Zwischenzeit zurückkommt?«

»Das wäre doch schön«, sagte ich.

Zwischen dem eingezäunten Kinderspielplatz mit der Holzwippe und der Metallrutsche und der Kirche blieben wir stehen, und sie sagte: »Müssen wir da rein?«

Ich schleppte sie weiter, an dem grauen, mit Holzbohlen abgedeckten Steinbrunnen und dem Spielplatz vorbei, und hielt ihr die Tür auf. Aus einem seltsamen Impuls heraus führte ich Mathilda zu den drei Bänken vor der rechten Seitenkapelle. Niemand saß dort oder anderswo in der Kirche. Wir waren allein.

»Bitte«, sagte ich und deutete auf die hinterste Bank. Sie warf einen schnellen Blick zur Madonna und nahm Platz. Ich setzte mich neben sie an den Rand.

Minutenlang sprachen wir kein Wort.

Das weiße Tonnengewölbe mit dem unauffälligen Stuck und den Rosetten an der Decke schien zu strahlen, und das Tageslicht, das draußen trüb und abweisend war, schien sich in der Josephskirche in Helligkeit zu verwandeln.

Bei der Renovierung des fast fünfundzwanzig Meter hohen Raumes nach dem Zweiten Weltkrieg hatten die Bauherren auf Prunk verzichtet, abgesehen vom großen, aus vier Teilen bestehenden Altarbild. Ich machte Mathilda auf eine Szene aufmerksam, die zeigt, wie der Kurfürst Ferdinand Maria 1664 seine Stadt und sein Land in die Obhut des heiligen Joseph legte.

»Warum hat er das getan?«, flüsterte sie.

»Aus Angst vor den Türken«, sagte ich.

Über dem rechteckigen Altarbild thronen überlebensgroß eine legendäre Ordensschwester der Karmeliter, ein Bruder aus dem Orden von Franz von Assisi und in der Mitte der Schutzpatron. Joseph trägt einen Stab, den er, wie alle unverheirateten Männer, im Tempel bekommen hatte und der zu blühen anfing. »Das bedeutete«, erklärte ich Mathilda, »dass er der auserwählte Ehemann für die Jungfrau war.«

»Woher wissen Sie das?«, flüsterte sie.

Ich sagte: »Der Chef unseres Dezernats hat es mir erzählt, er geht jeden Sonntag in diese Kirche.«

Karl Funkel wohnt nicht weit von Sankt Joseph entfernt, er ist der Einzige im Dezernat, der regelmäßig einen Gottesdienst besucht, und weil wir befreundet sind, fragte ich ihn einmal, ob sich nach dem Unfall, bei dem ihm ein Junkie bei der Festnahme ein Auge ausstieß, sodass er seither eine schwarze Klappe tragen muss, sein Verhältnis zu Gott geändert habe. Nein, hatte Funkel erwidert, ihm sei schon vorher klar gewesen, dass jeder Mensch auf sich allein gestellt sei, ganz gleich, ob er an Gott glaube oder nicht. Erst nach dem Tod bekomme Gott seinen Sinn.

Ich weiß nicht, Liane.

»Bestimmt war unser Dezernatsleiter heute auch hier«, sagte ich.

Nach einer Weile sagte Mathilda: »In der Kirche ist es verboten zu sprechen.«

»Glauben Sie, dieser Gott hat was gegen die Wahrheit?«

»Glauben Sie an Gott?«

Ich zögerte, dann sagte ich: »Manchmal. Wenn es mir gut geht.«

Sie wandte den Blick von der Madonna vor uns auf dem Seitenaltar ab und sah mich an.

»Ich wollte Sie nicht anlügen. Ich hab nur solche Angst gehabt.«

»Ja.«

»Und ich hab ja Recht gehabt!«, sagte sie laut. Und sah erschrocken die Madonna an.

Was Mathilda nicht weiß, ist, dass die Schutzmantelmadonna mit dem goldenen Kleid und dem Jesuskind in den Armen niemanden bestraft, sie hat den Teufel besiegt, der in Gestalt einer Schlange unter ihren Füßen dargestellt ist, hat Mitleid mit jedem, der bei ihr Zuflucht sucht. Deshalb breitet sie ihren Mantel aus, und niemand verlässt ungetröstet ihre Nähe.

»Ihr Bruder ist tatsächlich verschwunden«, sagte ich. »Und Sie haben es geahnt.«

»Nein.« Sie senkte den Kopf. Die Hände hatte sie im Schoß gefaltet und die Augen geschlossen. »Ich hab es nicht geahnt. Ich wollt nur nicht allein sein, ich hab was getrunken, damit ich den Mut find, zur Polizei zu gehen, und das hab ich dann gemacht. Das war falsch. Seit Ludwig tot ist, hab ich manchmal so komische Ideen, ich geh nachts auf den Friedhof, da ist ja nicht abgesperrt, ich hab einen Kassettenrekorder und Kopfhörer dabei, wenn mich da jemand sehen würd, die würden mich gleich einweisen nach Haar. Auf der Kassette sind Songs von Pink Floyd, *Wish you were here*, kennen Sie die Platte, die ist schön, und Ludwig hat sie dauernd gehört. *Wish you were here*, dauernd hat er die gehört. Kennen Sie die? Da ist ein brennender Mann vorn drauf, dem schlagen die Flammen aus dem Rücken, die haben schon tolle Sachen gemacht, die Pink Floyd. Und ich geh dann nachts zu seinem Grab, schalt den Rekorder an und leg die Kopfhörer auf die Erde. Dann geht die Musik ins Grab runter, so stell ich mir das vor, ich hab die beiden Kopfhörer auch schon mal tief reingedrückt, wenn die Erde trocken ist und nicht feucht, sonst hab ich Angst, dass es einen Kurzschluss gibt. Er kann die Musik hören, und sonst hört da niemand was. Solche Sachen mach ich manchmal, ich denk mir das aus und dann mach ich's. Mit dem Geburtstag, das war nicht richtig, ich entschuldige mich, dass ich Sie angelogen hab, Herr Süden, und Sie können das auch der Frau Berkel sagen, die ist eine nette Polizistin, und sie steht mir bei und sie hört mir zu, Sie müssen ihr das sagen, dass ich sie angelogen hab.«

»Das sage ich ihr nicht, Frau Ross. Dank Ihnen suchen wir überhaupt Ihren Bruder. Sie haben richtig gehandelt.«

»Ja, aber das wollt ich nicht. Das ist nur Zufall.«

»Das ist kein Zufall«, sagte ich.

Sie schwieg. Vor der Madonna brannten rote Kerzen, und Topfpflanzen standen davor. Aus der Sakristei kam ein Junge und schaute sich um. Er ging um den Altar herum, blickte zu uns her und schlurfte mit gesenktem Kopf durch die Reihen der Bänke. Kurz darauf machte er kehrt, mit einem Paar Handschuhe und einem Heft in den Händen, Sachen, die jemand vergessen hatte. Hinter einem Vorhang verschwand er.

Wieder schwiegen wir lange.

Dann, indem sie den Kopf halb drehte und an mir vorbeisah, flüsterte Mathilda: »Das Mädchen … ist sie hübsch?«

»Sie sieht eigenwillig aus.«

»Verstehe«, sagte sie und machte eine lange Pause. »Ich hab ihren Namen vergessen …«

»Liane.«

»Liane. Und … und ihre Mutter, haben Sie die auch kennengelernt?«

»Nein«, sagte ich.

»Und … und sie hat nicht gewusst, dass der Hanse ihr Vater ist?«

»Nein.«

»Und … und der Hanse … hat er gewusst, dass er ein Kind hat?«

»Ich weiß es nicht.«

»Aber … aber die haben sich doch getroffen, und die haben doch …« Jetzt sah sie mich an und ich wünschte, ich hätte einen Schutzmantel gegen diesen Blick.

»Ja«, sagte ich. »Liane wollte ihren Vater kennenlernen, aber sie hat ihm nicht gesagt, wer sie ist.«

»So eine Gemeinheit«, sagte Mathilda laut. Sie streckte den Rücken, strich sich über den Mantel und entdeckte neben sich auf der Bank einen weißen Zettel. Sie las ihn. Es war ein kurzes Gebet. Beim Hereinkommen hatte ich solche Zettel in Weiß und Gelb auf einigen Bänken liegen sehen.

»Gott«, sagte Mathilda leise und hielt den Zettel mit zitternden Händen fest. »Ich weiß nicht, wie ich beten soll ... Dieses Licht ist ein Zeichen dafür, dass ich hier eine Weile bleiben möchte ... in Stille ... nahe bei dir ... Du siehst mich, du bist nicht fern meinem Leben ...«

Sie beugte sich vor und ihr Körper schwankte und ihre Stimme wurde immer leiser. »Nicht fern meinen alltäglichen Problemen, meiner Familie, meinen Kindern, meiner Arbeit, meiner Gesundheit ... meiner Zukunft ... Ich opfere dir dieses Licht, weil ich weiß, dass alles von dir kommt, was ich im Leben nötig habe ... Ich weiß, dass du mich wie ein Vater liebst und dass ich dich so rufen und ansprechen darf ... Vater unser ... der du bist im Himmel, geheiligt ...«

Sie verstummte, betrachtete den Zettel und legte ihn auf die Lehne der Vorderbank.

»Ich hab kein Kleingeld«, sagte Mathilda.

Ich stand auf, holte Münzen aus meinem Geldbeutel, warf sie in den Blechkasten und zündete zwei Kerzen an, eine für Mathilda und eine für ihren Bruder Johann.

Dann drehte ich mich um. Mathilda kniete in der Bank und hatte die Hände vors Gesicht geschlagen. Und weil ich noch Münzen übrig hatte, entzündete ich zwei weitere Kerzen, eine für dich, Liane, und eine für Karl

Funkel, der für das Licht der Welt nur noch ein Auge hatte.

Ich setzte mich wieder unter dem unerschütterlichen Blick der Madonna. Nicht einmal die beiden Bomben, nach deren Einschlag fast die gesamte Kirche in Schutt und Asche versunken war, hatten die Macht gehabt, Marias Kleid aus hartem Gold zu zerstören.

11

Sie begrüßte mich, indem sie mir die Hand hinstreckte und dann meine festhielt, und ich empfand dieses Festhalten sofort wie das eines Menschen, der sich in Todesnot an jemanden klammert, im offenen Meer oder am Rand einer Schlucht. Ich bemerkte die schlecht vernarbten Wunden auf ihrer Handfläche, und als ich ihr ins Gesicht sah, traf mich der Blick einer in die Tiefe der Nacht gestürzten Frau. Da war nichts in den Augen deiner Mutter, das geleuchtet hätte oder leicht gewesen wäre, bloß zu schauen, dazu war sie nicht fähig, jedes Öffnen der Lider verlangte ihr eine Anstrengung ab, als müsse sie ein schweres Eisengitter nach oben schieben, und wenn es hell wurde, war sie zu erschöpft, das Licht und die Dinge und Menschen zu verkraften. Also ließ sie die Lider rasch wieder fallen und fürchtete sich vor dem nächsten Moment.

Vielleicht wäre sie am liebsten im Dunkeln geblieben, vielleicht hätte sie eine Sonnenbrille aufsetzen sollen, damit sie ihre Blicke ganz bei sich behalten konnte.

»Setzen Sie sich zu den anderen!«, sagte sie mit einer Stimme, die wie geliehen klang.

Wie ich feststellte, war ich nicht der erste Besucher an diesem frühen Sonntagnachmittag, nicht einmal der erste Polizist. Auf zwei Stühlen an einem runden Tisch saßen meine Kollegen Paul Weber und Freya Epp.

Zunächst dachte ich, sie seien wegen deinem Vater hier.

»Grüß dich, Tabor«, sagte Weber, wuchtete seinen Körper in die Höhe und gab mir die Hand. Auch Freya stand auf.

»Tag, Herr Süden«, sagte sie.

Die beiden setzten sich wieder, und ich blieb stehen. Auf dem Tisch lagen zwei Schreibblocks und ein kleiner Kassettenrekorder.

»Woher hast du gewusst, dass wir hier sind?«, sagte Weber.

Ich sagte: »Eigentlich bin ich nicht wegen euch hier.«

Hinter ihrer kurios geschwungenen Brille mit den dicken Gläsern wirkten Freyas braune Augen geradezu riesig.

»Aber Sie kennen doch das Mädchen«, sagte sie. »Die Beschreibung passt genau.«

Ich schwieg.

»Das Mädchen, das du in der Bauerstraße im Treppenhaus getroffen hast«, sagte Weber. »Sie ist die Tochter von Frau Woelk. Und Frau Woelk hat ihre Tochter heute als vermisst gemeldet.« Er schaute zu ihr.

Sie stand in der Nähe der Tür, eine dünne Frau in Jeans und Pullover, leicht gebückt, mit einem vom Fahrradunfall gezeichneten Gesicht, das übersät war von dunklen Flecken, Abschürfungen und offensichtlich nur schwer heilenden Wunden. Wenn sie redete, brachte sie den Mund kaum auf, vermutlich hatte sie bei dem Zusammenprall mit dem Lastwagen mehrere Zähne verloren. An ihrem Unterkiefer klebte ein breites Pflaster.

»Die Tochter«, sagte Weber, »ihr Name ist Liane, Liane Woelk, sie hat den vermissten Maler anscheinend gut gekannt, wir wollten gerade darüber sprechen ...«

»Sie ist seine Tochter«, sagte ich.

»Was?«, sagte deine Mutter bestürzt und griff sich an den Kiefer. Einige Sekunden musste sie den Mund geschlossen halten, damit der stechende Schmerz oder was immer Fürchterliches sie spürte, nachließ. »Woher wissen Sie das?«, nuschelte sie. »Das können Sie doch gar nicht wissen!«

Sie kam auf mich zu. Unschlüssig hob sie den Arm, ließ ihn sinken, hob ihn ein zweites Mal und berührte zaghaft das Pflaster an ihrem Kiefer.

»Bitte setzen Sie sich, Frau Woelk«, sagte ich.

Da sie sich nicht von der Stelle rührte, nahm ich sie am Arm und führte sie zur Couch vor dem Fenster.

»Bitte«, sagte ich.

Wie eine alte Frau ging sie mühsam in die Knie, während ich ihren Arm umklammerte, drehte sich halb im Kreis, die Augen geschlossen, tastete nach der Sitzfläche und sank in unendlicher Langsamkeit nach unten. Auch als sie sich hingesetzt hatte, die Beine aneinandergedrückt, keuchend und mit geschlossenen Augen, ließ ich sie nicht los und setzte mich neben sie.

»Möchten Sie etwas trinken?«

Sie reagierte nicht.

Vorsichtig nahm ich die Hand von ihrem knochigen Arm. Jetzt öffnete sie die Augen und drehte langsam den Kopf.

»Haben … haben Sie Lili gesehen?«

»Ja«, sagte ich. »Heute Nacht. Wir haben miteinander geredet.«

»Wirklich?«, stieß deine Mutter hervor. Fast schien es, als würde sie von einer winzigen Freude überrumpelt.

»Ja«, sagte ich schnell, doch sie war schon wieder in dem Zustand wie zuvor. »Sie hat mir verraten, dass Johann Farak ihr Vater ist, sie haben es ihr im Krankenhaus erzählt.«

Dann sprach eine Weile niemand.

»Wo hast du sie getroffen?«, fragte Weber.

Freya, die erst seit wenigen Monaten auf der Vermisstenstelle arbeitete, sah ihren älteren Kollegen ratsuchend an. Der Rekorder war nicht eingeschaltet, und Freya überlegte vermutlich, ob sie mitschreiben solle.

»Im Nymphenburger Park«, sagte ich.

»Wann?«, fragte Weber.

Ich sagte es ihm.

»Aber dann ...«, sagte Freya unsicher. »Dann ist sie ja gar nicht verschwunden, das ist doch gut, Frau Woelk.«

Deine Mutter hob den Kopf. Und mit der Hand vor dem Mund, sodass wir ihre Worte nur schlecht verstanden, sagte sie: »Seit drei Tagen ist sie nicht nach Hause gekommen ... das ist nicht gut, Frau ... Wo ist sie?«

Sie wandte sich an mich.

»Ich weiß es nicht«, sagte ich.

Diesmal brauchte sie mindestens zwei Minuten, bis sie es schaffte, ihre eisenschweren Lider zu heben.

»Zeitpunkt und Ort der Abgängigkeit«, sagte Paul Weber. Er sagte es mit ruhiger Stimme, die Arme auf dem Tisch verschränkt, zu deiner Mutter hin gebeugt, die ihm gegenübersaß, die Hände im Schoß, fahl im Gesicht. Vielleicht war auch das Licht schuld, eine merkwürdige Lampe habt ihr im Wohnzimmer, sie erinnerte mich an die Beleuchtung in manchen Pensionen, in denen ich übernachtet hatte. Wenn man dort in den Spiegel sah, glaubte man, einem schlecht geschminkten Double seiner selbst zu begegnen.

Indem er nüchterne Daten abfragte, hoffte Weber, deine Mutter würde sich beruhigen, zumindest für einige Zeit ihren Schmerzkokon abstreifen, womöglich einsehen, dass sie sich keine Sorgen zu machen brauchte.

Was wusste ich von deiner Mutter?

Was wusste ich von dir?

Nach unserer Begegnung bist du im schmierigen Morgen verschwunden, und ich fand dich nicht mehr. Natürlich hatte ich mich bemüht, dir zu folgen. Vergebens. An welcher Stelle hattest du den Park verlassen? Natürlich nahmst du einen geheimen Weg, du ahntest, ich würde dich verfolgen.

Außerdem war ich erschöpft gewesen, voller brodelnder Gedanken. Wie deine Mutter.

»Zeitpunkt der Abgängigkeit: Freitag, siebzehnter November«, sagte Weber. Neben ihm schrieb Freya auf einem großen karierten Block jedes Wort mit. Erst im Dezernat würde sie die Angaben auf das offizielle Formular übertragen und das Fernschreiben an andere Dienststellen mit denselben Daten versehen.

»Donnerstagnacht ist sie nicht nach Hause gekommen«, sagte deine Mutter.

Freya hielt beim Schreiben inne und warf mir einen Blick zu.

»Kommt sie sonst jede Nacht nach Hause?«, fragte Weber.

»Ja.«

Ich sah, dass Weber schwitzte. Er trug sein dunkles Sonntagssakko und eine schwarze Krawatte über dem weißen Hemd, er trauerte, wie du weißt, und die Arbeit war für ihn ein großer Verband, in den er seinen Schmerz wickelte. Gewöhnlich lief er in karierten Hemden und Kniebundhosen herum, die Ärmel hochgekrempelt, sodass man seine behaarten Unterarme sah, und in eurem Wohnzimmer, wo er so offensichtlich in seiner Funktion als Hauptkommissar saß, fragte ich mich, ob er seine übliche Kleidung je wieder anziehen, je wieder eine einzige Person sein würde und nicht länger tagsüber ein professioneller Kriminalist und nachts ein verunglückter Mann, der vergessen hat, wie das Leben geht.

»Ort der Abgängigkeit, Frau Woelk«, sagte er, unvermindert ruhig und Wort für Wort bedächtig. »Was sollen wir da schreiben? München? Oder Ihre Adresse? Oder wissen Sie, wo sich Ihre Tochter in der Nacht zum Freitag aufgehalten hat?«

Nach einer langen Pause sagte deine Mutter: »Sie war bestimmt singen.«

Über Freyas Aufzeichnungen standen oben links auf dem Block zwei Namen: »Eva Woelk« und »Liane Woelk«, und nun machte sie einen Pfeil, der auf deinen Namen zeigte, und notierte: »Singt.«

Bevor ich aufstand, nachdem ich der jungen Oberkommissarin über die Schulter gesehen hatte, hob deine Mutter den Kopf in meine Richtung und sagte: »Lili singt gern.«

Wieder und wieder klang diese Bemerkung in mir nach, und ich stellte mich ans Fenster, lehnte mich rücklings gegen das Marmorbrett und legte den Kopf in den Nacken. Vermutlich irritierte ich Freya damit, denn sie sah längere Zeit zu mir her, was mir nicht entging, obwohl ich zur Decke blickte. Dagegen reagierten weder mein Kollege noch deine Mutter auf irgendeine Weise. Weber kannte meine Angewohnheiten, und deine Mutter war gewiss dankbar für die unerschütterliche Nähe, die ihr dieser bullige Polizist bot, und sie wollte sich durch nichts ablenken lassen.

»In welchen Lokalen singt Lili gern?«, fragte Weber.

Ich lächelte zur Decke hinauf. Mit denselben Worten hätte ich die Frage gestellt, und ich hätte sie deshalb so gestellt, weil Weber mir beigebracht hatte, auch auf die kleinen Worte zu achten, auf jene, die den Leuten, von denen wir etwas erfahren wollen, herausrutschen, unzensiert vom Verstand, aus einer Herzensnische.

Lili singt gern.

In welchen Lokalen singt Lili gern?

»Im Nachtcafé«, sagte deine Mutter.

»Nachtcafé am Maximiliansplatz«, sagte Weber zu Freya.

»Sie kennen das Lokal?«, fragte deine Mutter.

»Ich hab da schon Jazz gehört«, sagte Weber.

»Ich war auch schon da«, sagte deine Mutter. »Ich hab Lili zugehört, sie singt aber keinen Jazz, das ist rockiger, was sie macht, die haben zwei Elektrogitarren in der Band, einen Bassisten, eine Geigerin und einen Klavierspieler …« Sie schaute auf den Tisch, schüttelte den Kopf und öffnete einen Spalt breit den Mund. »Und einen Schlagzeuger natürlich. Und Lili singt solo.«

Über sich selbst verwundert, sah sie uns einen nach dem anderen an. Verlegen malte Freya Kringel auf ihren Block. Weber verharrte wie festgeklebt auf seinem Stuhl, und ich ließ deine Mutter nicht aus den Augen. Wie mir schien, traute sie sich nicht, den Blick abzuwenden, und so verschränkte ich die Arme hinter dem Rücken und neigte mich vor.

»Für Ihre Anzeige brauchen wir noch einige Informationen«, sagte ich.

Deine Mutter bewegte sich nicht.

»Wir müssen einen Grund für das Verschwinden Ihrer Tochter angeben. Warum, glauben Sie, ist sie nicht nach Hause gekommen?«

Noch immer starrte sie zu mir her. Ich senkte den Kopf. Als ich ihn wieder hob, hatte deine Mutter ihre Augen geschlossen.

»Haben Sie sich gestritten?«, fragte Weber.

Wieder schüttelte deine Mutter den Kopf. Dann verzog sie unter Schmerzen das Gesicht, griff sich vorsichtig an die Stelle am Kinn, wo das Pflaster klebte, und begann mit dem Oberkörper vor und zurück zu wippen wie bei einer meditativen Übung.

»Nicht gestritten«, sagte sie und brachte die Worte nur mit Mühe über die Lippen. »Wir haben ... nicht mehr gestritten ... wir streiten nicht mehr ... Sie macht, was sie will, und ich ... ich kann doch nichts ... sie ist neunzehn, volljährig, ich will ihr auch nichts vorschreiben ... Aber sie ist doch noch gar nicht ... Sie hat die Schule fertig gemacht, Gott sei Dank ... Sie war im Gymnasium, ich wollt, dass sie studiert, was Ordentliches ... schon was, was ihr Spaß macht, das schon ...«

Jetzt stand ich hinter Weber, und das war keine gute Stelle. Ich wusste nicht, was mit mir los war, vielleicht dauerte mir die Vernehmung nun doch zu lang, und in der Zwischenzeit passierten Dinge, die wir verhindern mussten. Da fiel mir etwas ein.

»Darf ich mal telefonieren?«, fragte ich.

Sofort schob deine Mutter den Stuhl zurück und stand auf.

»Kommen Sie«, sagte sie.

Freya sagte: »Ich hab doch ein Handy dabei.«

Aber deine Mutter war schon auf dem Weg in den Flur. Als hätte ich ihr ein Signal zum Aufbruch gegeben. Wie erlöst eilte sie vor mir her und zeigte auf eine Kommode, auf der ein schwarzes Telefon mit Schnur und altmodischer Wählscheibe stand.

»Danke«, sagte ich.

»Das ist Lilis Telefon«, sagte deine Mutter. »Sie wollte genau so eins, so wie früher, Herr Süden.«

Eigenartig, dass sie sich an meinen Namen erinnerte.

»Haben Sie eine Ahnung, wo Ihre Tochter sein könnte?«, sagte ich, obwohl mir klar war, dass Weber sie danach gefragt hatte.

Deine Mutter blickte zu Boden. Da fiel mir eine kahle Stelle an ihrem Hinterkopf auf, an der keine Haare mehr wuchsen.

Sie blieb neben mir stehen, den Kopf gesenkt.

»Süden«, sagte ich ins Telefon. »Wir müssen zwei Kollegen in den Nymphenburger Park zu einer vorübergehenden Observation schicken …« Ich beschrieb der Kollegin vom Bereitschaftsdienst das Areal um den Badenburger See.

»Nein«, sagte ich schließlich. »Mich kannst du nicht erreichen, Freya Epp hat ein Handy.«

»Wieso hast du keins? Hast du's verloren?«, fragte die Kollegin.

»Ich besitze keins.«

»Warum nicht? Hast du Angst vor einem Gehirntumor?«

»Nein«, sagte ich. »Ich brauche keins.«

»Natürlich brauchst du eins, das sieht man doch.«

»Ich brauch keins.«

»Und hinterher heißt's wieder, ihr seid nicht rechtzeitig benachrichtigt worden.«

»Nein«, sagte ich und legte den Hörer auf die große geschwungene Gabel. »Wir machen jetzt eine Liste von Plätzen, die Ihre Tochter gern besucht«, sagte ich zu deiner Mutter.

Bevor wir die Tür zum Wohnzimmer erreichten, griff sie nach meinem Arm.

»Wie geht es Lili?«, flüsterte sie.

»Gut«, sagte ich.

»Was wollte sie denn in dem Park in der Nacht?«, sagte sie. Ihre Lider flackerten. Vermutlich hatte sie wieder Schmerzen im Unterkiefer.

»Ich glaube, sie wollte ihren Vater treffen.«

Und mit einer vollkommen unerwarteten Bewegung schlang deine Mutter von hinten ihre Arme um mich und presste den Kopf in meinen Nacken.

Nach zwei Stunden beendeten Weber und Freya ihre Befragung, unzufrieden, vielleicht auch verärgert über mich, weil ich mich mit keinem Wort eingemischt hatte. Bis deine Mutter mich losgelassen hatte und verlegen zuerst ins Bad gegangen und dann an den runden Tisch zurückgekehrt war, waren zehn Minuten vergangen, und Weber hatte mich gefragt: »Was sollen wir noch hier?« Und ich hatte gesagt: »Lass uns zuhören, das Mädchen ist in einer schlechten Verfassung, niemand von uns hat eine Ahnung, was sie noch alles anstellt.« Weber war aufgestanden, hatte seinen Hemdkragen gelockert, den Knoten der Krawatte ein Stück nach unten gezogen, war zum Fenster gegangen, hatte geschnauft und den Knoten wieder zugezogen.

Im Bad hatte deine Mutter einen anderen Pullover angezogen, von den Farben her ähnelte er dem, den sie vorher anhatte, aber er war viel enger, mindestens zwei Nummern zu klein.

Wortlos setzte sie sich auf ihren Stuhl, die Hände im Schoß. Sie hatte Rouge aufgelegt und sich mit Parfüm eingesprüht. Müde betrachtete sie die Gläser, die Wasserflasche, die Teekanne und die Tassen, schien angestrengt nachzudenken und sah dann mit einem Ruck ihres Kopfes Freya an, die zusammenzuckte.

»Möchten Sie etwas essen?«

Freya sagte: »Nein, danke.«

Weber stand immer noch am Fenster, ich in der Nähe der Tür.

Schließlich setzte sich mein Kollege wieder hin, Freya stellte den Rekorder an, nahm den Kugelschreiber, und Weber setzte die Befragung nach den Umständen deines Verschwindens fort, versuchte Hinweise auf die Fluchtrichtung herauszufinden und spulte die gesamte Liste ab, die er schon tausende Male abgespult hatte. Am Ende war er enttäuscht. Bevor Freya es tun konnte, schaltete er den Rekorder aus, stöhnte, zog ein großes kariertes Taschentuch aus der Hose und tupfte sich die Stirn ab.

Die ganze Zeit über hatte ich an der Wand gelehnt und geschwiegen.

»Frau Woelk«, begann Weber von neuem. Das Taschentuch hatte er noch in der Hand, mit seinem Stift klopfte er auf die Tischplatte. »Wie Sie selber gesagt haben, Ihre Tochter ist volljährig, sie hat das Recht wegzubleiben, so lange sie will. Ich hab Ihnen erklärt, dass wir nur unter ganz bestimmten Umständen eine Fahndung rausgeben können, und im Moment sieht es einfach nicht danach aus, dass Ihrer Tochter was zugestoßen ist. Mein Kollege«, ohne sich umzudrehen, zeigte er mit dem Stift auf mich, »hat mit Ihrer Tochter heute Nacht gesprochen, sie war wohlauf. Und gestern hat mein Kollege sie in einem Lokal gesehen, sie ist anscheinend mit Freunden unterwegs. Sie wird wiederkommen. Sicher steht sie spätestens morgen wieder vor Ihrer Tür. Es geht ihr bestimmt gut.«

»Das können Sie doch gar nicht wissen«, sagte deine Mutter mit dünner Stimme.

»Doch«, sagte Weber. »Ich weiß es. So ist es.«

Das meinte er nicht so. Er war in keiner Weise davon überzeugt, dass alles in Ordnung war. Natürlich dachte er darüber nach, wie dein Verschwinden mit dem deines Vaters zusammenhing, natürlich hatte er nicht die Absicht, sich auf dein Alter herauszureden, für ihn spielte es keine Rolle, dass du neunzehn und volljährig bist, für ihn bist du ein Kind, und ein verschwundenes Kind bedeutet oberste Alarmstufe, kein Zaudern, kein Abwägen.

Wie ich ihn einschätzte, war er am Ende seiner Kräfte. Jeden Tag der Woche war er im Büro gewesen, auch Samstag und Sonntag, zwei Wochen hintereinander. In Gedanken redete er ständig mit seiner Frau, dem Tod und mit Gott, und niemand antwortete ihm, und nun brach das Leid deiner Mutter über ihn herein, die körperlich so geschunden war wie seelisch und der er nicht helfen konnte, weil sie es nicht zuließ.

Ich ging zum Fenster und öffnete es. Kalte Luft strömte herein.

Freya lächelte deiner Mutter zu. Weber lehnte sich zurück und strich sich über den runden Bauch. Ich stand mit dem Rücken zu den anderen und atmete, den Kopf im Nacken, mit offenem Mund die frische Luft ein.

Ich hörte deine Mutter sagen: »Ich bin schuld. Ich hätt nicht reden dürfen. Ich allein bin schuld.«

12

Wir standen auf der Straße, traten von einem Fuß auf den anderen und warfen Blicke zu unseren beiden Dienstwagen, die wir vor dem Grundstück des Palais Romeo & Julia im Abstand von hundert Metern geparkt hatten und in denen die Standheizung absolut funktionierte.

Möchtest du in einem dieser in dezentem Weiß und Grau gestrichenen Häuser wohnen, Galerie im Dachgeschoß, Marmorbäder, Parkettböden, Fußbodenheizung? Falls das alles stimmt, was auf der großen Tafel am Zaun steht. Sicher sehr hell innen. Und von außen videoüberwacht! Dagegen wirkt euer Zwölfparteienblock nebenan wie ein tumber Vorstadtkasten.

Seit zehn Minuten trabten wir unbeeindruckt von Romeo und Julia aus Beton auf der Stelle. Was mich betraf, so setzte ich mich deshalb nicht ins Auto, weil ich noch etwas vorhatte. Weber setzte sich dem bissigen Ostwind aus, weil er vielleicht nicht schon wieder in einem geschlossenen Raum hocken wollte, und Freya Epp schlotterte in ihrer Funktion als Untergebene.

Von weit her roch ich Schnee.

Aus irgendeinem Grund schüttelte Weber den Kopf.

»Das Mädchen«, sagte ich, »hat nicht gelogen, sie hat Johann Farak verschwiegen, dass er ihr Vater ist. Aber sie will es ihm sagen, deswegen sucht sie ihn.«

»Wo?«, sagte Weber laut. Er hatte den Kragen seines Lodenmantels hochgeschlagen, was zu einem kuriosen Knick seiner stark geröteten Ohren führte. Er machte einen missmutigen Eindruck.

»Und … und er, der Vater …«, begann Freya. »Ist er … ist er gefährdet, was meinen Sie, werden wir ihn schnell finden?« Mit der Aktentasche unter dem Arm hüpfte sie auf und ab und lächelte verschämt.

Ich sagte: »Ich muss noch einmal mit Eva Woelk sprechen.«

Seinem Blick nach zu urteilen, der unter seinen buschigen Augenbrauen wirkte, als würden sie ihn verdunkeln, erfüllte Weber meine Ankündigung mit enormem Groll.

»Wozu denn?«, blaffte er und hielt im Hin- und Hertreten abrupt inne. »Wir haben alles erledigt, du hättest vorhin mit ihr sprechen können. Warum hast du das nicht getan? Warum bist du überhaupt hier? Was hat das Mädchen im Park erzählt? Du hast der Mutter doch alles verschwiegen. Mir kannst du nichts vormachen. Und ihr auch nicht. Sie hat gemerkt, dass du mehr weißt, als du zugibst. Das hat sie genau gemerkt.«

»Ich auch«, sagte Freya leise und schüchtern mit einem schnellen Lächeln, das ich sofort hübsch fand.

»Sie sollte es merken«, sagte ich.

»Und was hat es dir erzählt, das Mädchen, was?«

Es gelang ihm nicht länger, seinen inneren Tumult zu kontrollieren, die widersprüchlichen Stimmungen, die ihn in kürzesten Abständen schüttelten wie einen Baum im Sturm.

»Du bist wieder nur mit dir beschäftigt«, sagte er und schrie fast. Stumm vor Sorge drückte Freya die Mappe an sich. »Du hast uns einfach reden lassen, das geht so nicht, Tabor. Das ist unkollegial. Wir haben uns bemüht, Frau

Epp und ich, wir haben uns Mühe gegeben, die Frau zu beruhigen und ihr zu helfen. Hast du nicht gesehen, wie sie aussieht? Die ist zerstört. Die realisiert doch gar nicht, was um sie herum geschieht, die braucht einen Arzt, und jetzt ist auch noch ihre Tochter verschwunden, die ganze Welt kracht über ihr zusammen. Und du? Und du?«

Passanten traten vom Bürgersteig auf die Straße und gingen in einem Bogen langsam an uns vorbei. Für Weber bewegten sie sich auf der anderen Seite der Erde. Seine Stimme fegte über mich hinweg.

»Du kommst, stellst dich hin und schweigst! Schweig du nur, schweig. Das kannst du, das weiß ich, du bist der beste Schweiger im Dezernat, wahrscheinlich der beste in der Stadt. Schweig du nur.« Einen Moment hielt er inne, dann lehnte er seinen Oberkörper leicht nach hinten, sodass sich sein Kugelbauch unter dem Mantel spannte, und sein Kopf ruckte nach vorn. »Aber du musst wissen, wann du zu schweigen hast und wann nicht. Du musst kapieren, dass es Situationen gibt, in denen Worte wichtiger sind als Schweigen, das sind die Situationen, für die wir das Reden gelernt haben. In diesen Situationen ist es aus mit Zurückhaltung, verstehst du, Tabor, aus, aus! Da musst du was rauslassen aus dir, da nimmt dir niemand dein Stillsein ab, da kommt es drauf an, den Mund aufzumachen und sich zu trauen. Das nennt man dann Verständnis. Diese Frau … diese Frau Woelk, die hat darauf gewartet, dass du was sagst, die hat gesehen, dass du was weißt, und sie wollte, dass du es ihr sagst. Dass du den Mund aufbringst. Aber du? Du hast ihn nicht aufgebracht. Natürlich nicht. Ich kenne dich. Wenn du nicht willst, willst du nicht, und niemand versteht, wieso du nicht willst. Niemand versteht das, und das ist dir gerade recht. Diese Frau … diese Frau Woelk, die hätte dich gebraucht vorhin, du hast mit ihrer Tochter gesprochen. Du bist der einzige Mensch, den sie kennt, mit dem ihre Tochter gesprochen hat, und da gehst du her und hältst einfach den Mund? Das traust du dich? Woher nimmst du diese Haltung? Das ist doch eine Verletzung. Noch eine Verletzung für diese Frau … diese Frau Woelk, und die hat schon genug, die hat genug, du hast sie gesehen, wir haben sie alle drei gesehen. Aber du … du hast bloß … du hast …«

Er steckte die Hände in die Manteltaschen und sah zu den Fußgängern hinüber, die stehen geblieben waren und ihm zuhörten. Er schien ihre Anwesenheit sofort wieder zu vergessen.

»Warum …« Er nahm die rechte Hand aus der Tasche und wischte sich über die Stirn. »Warum warst du so? Die Frau … Sag du auch was, Freya.«

Freya war so verblüfft, dass sie kicherte.

Bevor sie ein Wort herausbrachte, sagte ich: »Ich hatte vor, noch einmal zu ihr zu gehen. Jetzt sofort.«

Er steckte die Hand wieder in die Tasche und schwieg. Bewegte sich nicht, schwieg einfach. Die Leute gafften herüber. Freya klapperte vor Kälte mit den Zähnen, sie versuchte es zu unterdrücken, aber es gelang ihr nicht.

»Ich komme später ins Dezernat«, sagte ich.

Weber sagte nichts. Die Leute auf der anderen Straßenseite warteten.

Jeder, was immer er im Leben darstellte, wie wenig Freunde er auch gehabt, wie viele Menschen er verletzt, beleidigt, enttäuscht haben mochte, egal, wie nah er den anderen gewesen war oder wie sehr er andere auf Distanz gehalten hatte – jeder, der plötzlich verschwindet und dessen Vermissung nicht mit einer Totauffindung endet, wird zu einem Schattenmenschen. Solche Wörter benutzen wir in unseren Formularen, es sind erprobte eindeutige Wörter, wir schreiben sie hin, und sie sind unwiderruflich. Wie viele Tränen auch auf sie tropfen mögen, diese Wörter werden niemals glänzen. Es sind schreckliche Wörter, eingehüllt in Dunkelheit.

Ich sah erwachsene Männer in Ohnmacht fallen, deren bester Freund verschwunden war und dann tot aufgefunden wurde. Ich sah in die Gesichter der Mütter, deren Kinder ausgerissen waren und Wochen später als Vergewaltigungsopfer in einem Gebüsch, in einem Wald, in einem verbrannten Fahrzeug entdeckt wurden. Ich sah tausende von entleerten Zimmern, in denen Bilder an der Wand hingen, Schränke, Tische, Betten oder Instrumente standen, Blumen und Pflanzen auf den Fensterbrettern, Bücher in Regalen, Stofftiere auf einer bunten Couch, Zimmer, in denen nie wieder ein Mensch singen oder lachen würde, in die für alle Zeit nur noch zu Hinterbliebenen versteinerte Angehörige hineingingen wie in ein offenes Grab. Ich hörte sie schweigen, weil sie vergessen hatten, in welcher Reihenfolge sie die sechsundzwanzig Buchstaben des Alphabets zusammensetzen sollten und zu welchem Zweck. Ich roch das Eau de Cologne, das sie benutzten, damit niemand die Schuldgefühle einatmen musste, die sie in maßlosem Selbstekel ausströmten. Ich bot ihnen meine polizeiliche Unterstützung an und trumpfte mit technischen Geräten, erfahrenen Sonderkommissionen und ungekünstelter Geduld auf – und blieb am Ende mit meinen Wänden allein. Denn sie hatten alle ihre eigenen Wände, die niemand für sie niederriss, kein Freund, kein Psychologe und niemals ein Polizist. Beim Anblick einer Leiche, die derjenige, der sie identifizieren muss, als lebendiges Wesen zum inneren Kreis seiner Liebe oder wenigstens seiner Zuneigung gezählt hat, endet jegliches Vertrauen. Gott ist dann ein Höllenhund, und wir sind, wenn wir glimpflich davonkommen, bloß armselige feige Lügner.

Finden wir jedoch einen Verschwundenen auch nach Wochen und Monaten nicht, fangen die Angehörigen an, mit einem Schattenmenschen zu leben, vielleicht glauben sie, er sei bereits tot, aber dieser Glaube vergrößert ihren Schrecken nur noch. Und je länger sie warten und sich an einem Tag einbilden, sie würden sich täuschen und der Vermisste tauche bald wieder auf, und am nächsten überzeugt sind, er würde nie wiederkehren, desto gewaltiger lastet der abwesende Tod auf ihnen, besonders an Geburtstagen und Feiertagen. Am schlimmsten an Weihnachten. Ich kannte Menschen, die kauften Geschenke für ihren verschwundenen Bruder oder Ehemann, legten sie wie all die Jahre unter den geschmückten Baum und stellten eine Kerze ins Fenster, damit der Heimkehrer das Haus nicht verfehle.

Wissen sie nicht, dass man eine Kerze nicht für einen Heimkehrer ins Fenster stellt, sondern für einen Engel?

Und Engel sind ebenfalls Schattenwesen, auch wenn sie aus purem Licht bestehen mögen, wie es heißt.

»Warum machen Sie das?«, fragte ich deine Mutter.

Und sie sagte: »Damit sie nach Hause findet.«

Du warst gemeint. Für dich brannte die rote Kerze auf dem Fensterbrett in der Küche, und deine Mutter saß auf dem Plastikstuhl am Tisch und trank Leitungswasser. Ich trank Bier, das ich mir aus dem Kühlschrank nehmen durfte.

»Sie kommt wieder«, sagte ich, denn ich bin Polizist und Spezialist für ermunternde Sätze.

»Woher wollen Sie das wissen?«, fragte sie mich.

»Ich weiß es nicht.«

»Warum sagen Sie so was dann?«

Ich schwieg.

Dann trank ich, und sie schaute mir dabei zu. Ich trank aus der Flasche.

»Sie haben lange Haare für einen Polizisten«, sagte sie. »Überhaupt sehen Sie nicht so aus wie die anderen.«

»Welche anderen?«

Sie schwieg.

»Liane hat ihren Vater schon oft getroffen«, sagte ich. »In seiner Stammkneipe und zu Hause. Oft. Sie sind befreundet. Und sie hat ihm nicht gesagt, dass sie weiß, er ist ihr Vater. Sie hat es ihm verschwiegen.«

Deine Mutter blickte zur Kerze, deren Licht ein wenig flackerte. Durch das geschlossene Fenster kam ein Luftzug.

»Warum?«, fragte sie.

»Das weiß ich nicht. Vielleicht wollte sie es ihm sagen, und dann war er plötzlich verschwunden.«

»Mein Gott.«

Ich trank die Flasche leer, nahm das Glas deiner Mutter und goss am Spülbecken frisches Wasser hinein. Im Kühlschrank hatte ich noch eine Flasche Bier gesehen, traute mich aber nicht, sie einfach zu nehmen. Und fragen mochte ich jetzt nicht. Ich stellte das Glas vor deine Mutter und setzte mich.

»Trinken Sie kein Bier mehr?«, fragte sie.

Ich blieb sitzen.

Draußen wurde es dunkel. In der Küche war es warm. Unter dem Hängeschrank brannte eine Neonröhre.

»Darf ich das Licht ausmachen?«, fragte ich.

Deine Mutter nickte.

Ich stand auf und drückte den Schalter. Das Kerzenlicht erhellte das Gesicht deiner Mutter nur auf einer Seite.

»Sie kommt zurück«, sagte ich noch einmal. »Sie sucht ihren Vater, aber sie kommt zurück. Sie lässt Sie nicht im Stich.«

»Sie leidet unter mir«, sagte deine Mutter. Und wieder legte sie die Hand auf das Pflaster am Unterkiefer. Manchmal schien jedes Wort eine Qual für sie zu sein.

»Wie leidet sie?«

»Sie kommt nicht raus hier. Sie hat kein Geld, sie … sie ist abhängig von mir …«

»Sie ist neunzehn.«

»Ja, neunzehn, aber ihre Freundinnen sind in der Ausbildung oder an der Uni, sie hängt rum, verdient kein Geld, singt nur, singt und singt. Und hockt hier mit mir in Neutrudering, das ist doch keine Welt für sie …«

»Hilft sie Ihnen nicht nach Ihrem Unfall?«

»Natürlich hilft sie mir …« Sie hatte zu schnell gesprochen und verzog das Gesicht, seltsamerweise nur auf der Seite, die von der Kerze nicht beschienen wurde.

»Sie hilft Ihnen«, sagte ich. »Sie ist hier zu Hause …«

»Blödsinn«, sagte sie.

Blödsinn, dachte ich.

»Zu Hause ist sie da, wo sie singt. Das hab ich schon gemerkt … Und … sie singt großartig, sie kann singen, ich weiß nicht, wo sie das gelernt hat, sie kann es. Ich kann überhaupt nicht singen und … Ob Johann singen kann, das bezweifele ich. Eine Künstlerin, noch eine … Sie kann wenigstens was. Was man von Johann nicht behaupten kann.«

»Warum haben Sie ihm damals nicht gesagt, dass Sie ein Kind von ihm erwarten?«

Sie brauchte lange für eine Antwort. »Wir waren schon auseinander … Ich bin weg, ich hab das nicht mehr ausgehalten, die Sauferei, das Rumgerede, das ewige Labern, das Leute-Anquatschen in den Cafés. Ich war nicht mehr verliebt. Es war aus mit uns. Ich hab Schluss gemacht. Und dann hab ich festgestellt, dass ich schwanger bin. Und … ich … ich hab schon …«

Willst du das alles wissen, Liane? Oder weißt du es womöglich? Hat dir deine Mutter alles erzählt? Nein, ich glaube nicht. Nein.

»Sie haben überlegt, es ihm zu sagen.«

»Um Gottes willen«, sagte sie. »Das wär das Letzte gewesen, dann hätt ich ihn ja wieder am Hals gehabt, nein … Ich hab überlegt, ob ich es abtreiben soll. Ich war zwanzig, ich hab studiert, Theaterwissenschaft und Germanistik, ich wär gern Journalistin geworden, vielleicht auch Regisseurin, ich hab an der Studiobühne ein paar kleine Sachen inszeniert, Dario Fo, Camus, von mir selbst bearbeitete Texte, Kleist, Kafka …«

»Dann hat Liane ihr künstlerisches Talent von Ihnen«, sagte ich.

Fast wäre deiner Mutter ein Lachen entglitten. Im letzten Moment hielt sie sich die Hand vor den Mund. »Ich hab kein Talent«, sagte sie undeutlich. »Ich hab das bald sein lassen, das war dilettantisch, was ich da abgeliefert hab, daraus wär nie was geworden, nein … Ich hab dann gedacht, ich mach weiter und jobb nebenher und schau mal, was sich so ergibt. Und dann hab ich erst mal mein Kind gekriegt.«

»Sie wollten es dann nicht mehr abtreiben«, sagte ich.

»Ich verrat Ihnen was … Ich hab mich nicht getraut. Ich bin nicht gläubig, ich bin aus der Kirche ausgetreten, aber als ich dann fast entschlossen war … Ich weiß noch, es war der vierzehnte Februar, es hatte geschneit, ich kam aus der Unibibliothek und hab überlegt, wohin ich essen geh, ich hab einen wahnsinnigen Hunger gehabt, ich hatte Lust, was Deftiges zu essen, einen Braten mit Knödeln und Kraut, da hab ich selten Lust drauf, auch heut noch, aber an diesem Mittag, es war ein Freitag, und ich hab gedacht, heut, wenn die Katholen kein Fleisch essen, schlag ich zu. Und ich hab beschlossen, ins Atzinger zu gehen, da gingen alle Studenten hin, und da war es preiswert, und die haben ganz gut gekocht, ich war dauernd dort, mit Kommilitonen, zum Biertrinken und Reden, auch Johann war da manchmal Gast, bis der Wirt ihn rausgeschmissen hat …«

Einen kurzen Augenblick zögerte sie, dann sprach sie vorsichtig weiter.

»Und ich bin wirklich da hin und hab mir einen Schweinsbraten mit Knödeln und Sauerkraut bestellt, und vorher hab ich noch eine frische Breze gegessen. Mittags um zwölf. Die Studenten, die da waren, haben mir zugeschaut, ein paar haben mich gekannt, und sie wollten, dass ich mich zu ihnen setz. Aber ich wollt lieber allein sitzen. Ich hab mir das so eingebildet. Also hab ich mich an den Tisch direkt unter dem Tresen in der Mitte der Kneipe gesetzt und hab gemampft wie total ausgehungert. Und natürlich hab ich ein Bier dazu getrunken, erst hab ich eine Apfelschorle bestellt, aber dann hab ich gedacht, das ist ja eine Sünde, Apfelschorle zum Schweinsbraten, und der junge Kellner war so nett und hat die Bestellung geändert. Da war ich froh. Ich hab alles aufgegessen. Ich glaub, ich kann heut noch das Fleisch schmecken, und die Gewürze, den Kümmel, ehrlich …«

Ich hörte ihr zu, wie sie mit einem Mal sprechen konnte. Die Kerze flackerte nicht mehr, und ich beugte mich zu deiner Mutter hin, wie Paul Weber es am Nachmittag getan hatte.

»Und dann …« Meine Bewegung verunsicherte sie kurz. »Dann hab ich gedacht, jetzt sitz ich hier und bin schwanger und hab dieses wunderbare Essen in mir und wer weiß, vielleicht hat mein winziges Baby daran geleckt und kriegt einen Gusto, und ich treib es einfach ab, das darf nicht sein, hab ich gedacht und mir gleich noch ein Bier bestellt. Ich war schon leicht angedüdelt, ich hab noch nie viel getrunken. Trotz des üppigen Essens hab ich den Alkohol gespürt, deswegen hatte ich ja auch solche Gedanken, die sind ja total abgedreht. Aber das war die Entscheidung. Beim Atzinger in der Schellingstraße hab ich beschlossen, mein Kind zu kriegen, und ich hab die Entscheidung nie bereut. Und jetzt ist Lili verschwunden.«

Sie lehnte den Kopf an die Wand, außerhalb des Lichtscheins.

Wir schwiegen.

Deine Mutter schloss die Augen. Ihre Hände hatte sie in den Schoß gelegt und unter dem Pullover versteckt.

»Wissen Sie, was seltsam ist?«, fragte sie nach einer Weile.

»Nein.«

»Dass Johann ihr nicht gesagt hat, dass er ihr Vater ist.«

Es kam nicht oft vor, dass ich glaubte, mich verhört zu haben.

»Bitte?«, sagte ich.

»Er hätte es ihr doch sagen können«, sagte deine Mutter. »Sie sind doch Freunde. Haben Sie erzählt.«

»Er wusste Bescheid?« Ich strich mir mit der flachen Hand übers Gesicht.

»Ich hab gedacht, wenn ich es ihr sag, muss er es auch erfahren. Wenn sie es ihm nicht sagt, dann muss ich es tun. … Wieso sagt sie ihm nicht … Was … Was …«

»Wann haben Sie es ihm gesagt?«, fragte ich.

»Vor ein paar Wochen, Anfang Oktober, am ersten oder zweiten Oktober.«

Seit dieser Zeit war Johann Farak verschwunden.

»Und warum haben Sie Ihrer Tochter nichts davon gesagt?«

Sie beugte sich über den Tisch. »Hab ich doch versucht«, sagte sie, und ich sah ihr an, wie die Schmerzen zurückkamen. »Hab ich doch wirklich versucht. Aber sie hört doch nicht mehr zu, sie kapselt sich ab, sie geht morgens weg und kommt nachts wieder, und dann will sie nicht sprechen und zuhören auch nicht. Ich hab schon überlegt, ihr einen Brief zu schreiben, alberne Idee. Ich wollt ihr sagen, dass ich bei Johann war und dann … dann hatt ich irgendwie Angst, sie könnte böse werden deswegen … Warum hat *er* nichts zu ihr gesagt? Warum? Warum?«

Ich stand auf. »Möglicherweise ging er vorher weg. Bevor er es ihr sagen konnte.«

»Warum?«, fragte sie. »Warum ist er weg?«

Ich wünschte, ich könnte dir diese Frage vollkommen beantworten, Liane.

13

Sie hatte ihm einen Zettel in den Briefkasten geworfen, weil sie ihn selbst nicht angetroffen hatte. Natürlich nicht. Und sein Telefon funktionierte nicht. Sie hinterließ ihm ihre Nummer. Noch am selben Abend rief er an. Sie merkte, dass er angetrunken war, nichts anderes hatte sie erwartet. Er redete drauflos, was sie wütend machte, und sie musste dreimal ansetzen, bis sie ihn dazu brachte, ihr zuzuhören.

»Ich möchte dir was sagen, vielleicht ist es falsch, das zu tun, aber ich hab mich entschlossen, also mach ich's jetzt auch …«

»Ja, ja …«, sagte er. »Ich hab gleich gewusst, dass du die Eva bist, ich hab immer gewusst, dass wir uns wieder treffen, das war für mich immer klar und eindeutig, da in dem Café, da haben wir uns auch getroffen, du bist direkt draufzugekommen, ich hab dich von Weitem gesehen, kenn doch deinen Gang, der ändert sich nicht, bei niemand ändert sich der Gang, den kannst du nämlich nicht kontrollieren, das ist dir gegeben wie das Denken, das Denken auch, du glaubst nur, du hast eigene Gedanken, aber die sind schon in dir, du rufst sie nur ab …«

»Johann«, rief deine Mutter ins Telefon. »Hör mir einen Moment zu. Hör mir zu.«

Er verstummte.

»Können wir uns treffen? Bald, von mir aus in …«

»Können wir gut«, sagte er in ihren Satz hinein. »Es gibt neue Cafés hier, kann man gut sitzen, oder wir gehen in den Kurfürst, da ist wenig los, aber ich bin da oft, da ist es hell, du weißt ja, ich mag's, wenn's hell ist, ich kann da besser Skizzen machen. In den meisten Kneipen …«

»Können wir uns im Atzinger treffen?«, sagte deine Mutter.

»Im Atzinger? War ich lang nicht mehr, gute Wirtschaft, denen hab ich mal ein Bild verkauft, die haben das an die Wand gehängt, das hängt da noch, die kaufen schon mal was …«

Dann fiel ihr ein, dass man deinen Vater aus diesem Lokal rausgeworfen hatte. Vor zwanzig Jahren!, dachte sie. Dieses Hausverbot ist verjährt. Und in eine andere Gaststätte wollte sie nicht, sie hatte ihre Gründe.

»Wann denn?«, fragte Johann. »Ich arbeite tagsüber, das ist schlecht, da hab ich keine Zeit, ich hab einen Job, ich krieg da Holz geschenkt, gute Bretter, die ich gut gebrauchen kann …«

»Heute noch«, sagte deine Mutter.

»Heut ist gut, sehr gut, ich wollt sowieso gleich raus, ich komm da hin, ich bin gleich da, überhaupt kein Problem …«

»Ich brauch ungefähr eine Stunde«, sagte deine Mutter.

»Kein Problem, ich wart da, ich bestell schon was, ich wart da, ich nehm meinen Block mit, ich kenn da auch noch die Leute, kein Problem …«

Nachdem sie den Hörer aufgelegt und eine Zeit lang im unbeleuchteten Flur neben dem schwarzen altmodischen Apparat gestanden hatte, versank sie in Zweifeln. Was wollte sie mit diesem Treffen erreichen? Wozu sollte dieser Mann erfahren, dass er eine erwachsene Tochter hatte? Sie erwartete weder Verständnis noch Geld von ihm, weder nachträgliche Vergebung für ihre Entscheidung von damals noch Begeisterung. Und worüber sollte er auch begeistert sein? Dass er Vater war? Und seine Tochter sogar kannte? Möglicherweise sogar mit ihr befreundet war?

Und beim Gedanken daran erfasste sie eine solche Panik, dass sie erst eine Flasche Bier aus dem Kühlschrank holte und sie zur Hälfte austrank, bevor sie weiter über das nachdachte, was ihr bevorstand und was sie selbst angezettelt hatte.

Warum hatte sie ihrer Tochter bloß von Johann Farak erzählt? Nach neunzehn Jahren! Warum war sie nicht bei ihrer alten Version geblieben: Der Mann, mit dem sie damals ein Verhältnis gehabt hatte, sei ins Ausland gegangen und nie wiederaufgetaucht. Hatte sie eben ein uneheliches Kind. Das war keine Schande. Außerdem hatte sie immer gehofft, sie würde eines Tages einen anderen Mann heiraten, der die Vaterrolle übernehmen könnte. Dass es dann nicht so gekommen ist, kümmerte sie nicht, nicht mehr jedenfalls. Die Männer, die sie kennengelernt hatte, mochten das kleine Mädchen, machten ihm Geschenke und gingen mit ihm in den Tierpark. Aber heiraten und eine Familie gründen wollten sie nicht, ihre Unabhängigkeit war ihnen wichtiger. Und wenn sie ehrlich war, ihr ging es genauso. Besser selbstständig mit einem unehelichen Kind als ein Leben mit einem Ehemann, der einen in eine Enge drängt, in der man auf die Dauer erstickt.

Sie schaffte es auch so, sie hatte eine feste Anstellung, sie betreute die neuen Studenten im Institut, mit dem Geld konnte sie sich und ihre Tochter ernähren. Sie lebten in einer kleinen, preiswerten Zweizimmerwohnung, und nach den ersten zwei bis drei Jahren, in denen sie sich manchmal nach männlicher Unterstützung gesehnt hatte, bereute sie nichts mehr. Die Entscheidung, sagte sie sich, war richtig gewesen, und wenn sie ihre Tochter beobachtete, hatte sie nicht den Eindruck, das Fehlen eines Vaters schade ihrer Entwicklung oder ihrem Gemüt.

Und jedes Mal, wenn die junge Liane entsprechende Fragen stellte, erzählte sie dieselbe Geschichte, und da ihre Tochter eine Menge Frauen kannte, die ihre Kinder allein aufzogen, endete das Gespräch immer friedvoll, immer schön.

Und dann, in diesem Sommer, nach diesem schrecklichen Unfall, verwarf sie alle Legenden und nannte ihrer Tochter den Namen des Vaters und verriet ihr seine Lebensumstände. Warum? Warum hatte sie das bloß getan? Ja, sie war schwer verletzt gewesen, wochenlang hatte sie Todesängste ausgestanden, und sie stellte sich vor, wie ihre Tochter wohl allein zurechtkommen würde, ihre Lili hatte niemanden, keine Geschwister, keine Onkel und Tanten, niemanden, nur einen verschwundenen Vater und eine tote Mutter.

Dann hättest du ein Schicksal gehabt wie ich, Liane. Und ich begreife, warum deine Mutter dir diese Tür geöffnet hat. Sie tat es nicht aus Angst vor dem Tod, nicht aus Scham über die Lüge, die sie dir von Anbeginn mit auf den Weg gegeben hatte, nicht aus Reue oder dem

Wunsch nach Erlösung. Sie tat es, weil sie fürchtete, dein Leben könne sich gegen dich wenden, wenn du nie die Chance bekämst, wenigstens ein einziges Mal in der Nähe jenes Menschen zu sein, ohne den du nicht auf der Welt wärst. Sie schenkte dir eine schwere Freiheit und überließ es ganz dir, diese zu nutzen oder nicht. Und was immer daraufhin geschehen ist – du hast nicht das Recht, über deine Mutter den Stab zu brechen.

Übe zu verstehen, Liane, immer wieder von Neuem! Deshalb schreibe ich dir, vielleicht aus diesem einen Grund: dass du aufhören mögest zu verurteilen.

Wie deine Mutter aufhörte, sich zu verurteilen. Wieder einmal hatte sie eine Entscheidung getroffen und allen Zweifeln zum Trotz war sie schließlich überzeugt, ihren Entschluss auf keinen Fall ändern zu dürfen.

Sie zog sich um, schminkte sich, klebte frische Pflaster auf die Wunden in ihrem Gesicht und an ihrem Körper und verließ gegen sieben Uhr abends die Wohnung.

In ihrer Handtasche hatte sie ein Foto, auf dem du ein Jahr alt bist.

Beinah wäre sie an ihm vorbeigegangen, so verändert hatte er sich. Außerdem saß er an einem Tisch, an dem sie ihn nicht erwartet hat. Natürlich hat sie vorher auf der Fahrt im Bus und in der U-Bahn keine Sekunde darüber nachgedacht, wo er sich hinsetzen würde, wo sie beide sitzen würden, unbelästigt von anderen Gästen. Bestimmt ist die Kneipe um diese Zeit voll, überlegte sie plötzlich, wir müssen uns irgendwo dazusetzen, und wenn wir leise sprechen, können wir einander in dem Krach nicht verstehen, und wenn wir lauter sprechen, hört jeder zu. Zu spät, dachte sie vor der Tür, während sie sich auf die Zehenspitzen stellte, um einen Blick durch die Fenster zu werfen, die jedoch so hoch waren, dass man Gesichter nicht deutlich erkennen konnte. Sie sah nur Köpfe. Jetzt bin ich hier, dachte sie, jetzt kann ich nicht mehr zurück.

Dass er genau an dem Tisch unter dem Tresen sitzen würde wie sie damals, damit hat sie nicht gerechnet.

Sie dreht sich um, er blickt zu ihr hoch und erkennt sie sofort.

»Du«, sagt er, bleibt sitzen, zeigt auf den freien Stuhl neben sich. Er sitzt auf der Bank, mit dem Rücken zur Wand.

Sie wickelt den Schal vom Hals, zieht den Reißverschluss ihres Anoraks auf, bringt kein Wort heraus.

Die einzigen Worte, die ihr auf der Zunge liegen, sind: Mein Gott, sieht der kaputt aus!

Anstatt ihr die Hand zu geben oder sie auf die Wange zu küssen, was ihr vermutlich unangenehm gewesen wäre, hebt er sein Bierglas.

»Auf dich«, sagt er.

Endlich sagt sie: »Grüß dich, Johann.«

»Grüß dich«, sagt er. Wie automatisch. Und wie automatisch wirft sie einen Blick auf seinen Bierdeckel, es passiert ihr einfach, sie weiß, es geht sie nichts an, wie viele Striche dort schon sind. Seit sie ihn zufällig in jenem Café getroffen hat, ist ihr klar, in welchem Zustand er sich befindet und dass sich nichts, absolut nichts geändert hat, außer seinem Aussehen. Das allerdings hat sich fürchterlich geändert, wie sie findet. Eigenartig, in dem Café war er ihr nicht so ausgemergelt vorgekommen, so zerstört, so alt. Vielleicht, weil die Sonne schien, vielleicht, weil sie so perplex war, ihn zu treffen, dass sie nur seine Worte wahrnahm, die auf sie niederprasselten, unaufhörlich, vielleicht, weil sie selbst in einem Anfall von Unsicherheit und Verlegenheit innerhalb einer Viertelstunde zwei Gläser Wein bestellt und ausgetrunken hatte.

»Was kriegst 'n?« Mit einem entspannten Duz-Gesicht steht die junge Bedienung neben ihr.

»Was haben Sie für einen Rotwein?«, fragt sie allen Ernstes.

»An Chianti, an Beaujolais, sonst muss ich nachschaun.«

»Einen Chianti«, sagt deine Mutter.

»Mutig«, sagt dein Vater.

Noch weiß er nicht, dass er das ist: dein Vater. Er fängt an zu reden, er redet über seine Arbeit im Baumarkt, er erwähnt die Namen von Männern, die du kennst, Rudi, Karre und andere, er redet, als wäre irgendetwas von dem, was er sagt, von Bedeutung für Eva, als müsse er ihr etwas erklären, damit sie ihn verstehe, damit sie begreife, wie sein Leben funktioniert, damit sie womöglich ein Interesse daran entwickle.

Bald setzt sich ein Paar zu ihnen an den Tisch. Zwischen der jungen Frau, offensichtlich einer Studentin, und Eva ist noch ein Stuhl frei, und Eva dreht ihr den Rücken zu, um Johanns Stimme abzufangen, der ihr nun frontal ins Gesicht spricht.

Wie in dem Café bestellt sie innerhalb von kurzer Zeit

den zweiten Wein, obwohl er ihr nicht schmeckt. In regelmäßigen Abständen hebt Johann sein leeres Glas, dann bringt ihm die Bedienung ein neues, macht einen Strich auf dem Bierdeckel und sagt jedes Mal: »Zumwoidann.«

Und Johann stößt mit Eva an, und sein Blick kreuzt ihr Gesicht, und sie möchte zu einer Erwiderung ansetzen, doch da galoppieren schon die nächsten Worte über sie hinweg und über ihre Tischnachbarn, die immer wieder in ihrem Gespräch innehalten, was ihr nicht entgeht, und einmal so lange zuhören, bis sie sich umdreht.

Beim Anblick der beiden steigen ihr Tränen in die Augen. Sie lässt sich nichts anmerken, doch weil sie fürchtet, sie könne sich blamieren, steht sie auf und geht zur Toilette. Auf dem Weg um den erhöhten Tresen herum, unter dem ihr Tisch steht, hört sie Johann unbeeindruckt weitersprechen.

In der Toilette setzt sie sich auf den geschlossenen Deckel. Sie kommt sich lächerlich und dumm vor, sie hat keine Erklärung für diese Empfindung, die vorhin so mächtig in ihr hochstieg, dass sie kurz davor war, der jungen Frau über den Rücken zu streicheln. Wie peinlich das gewesen wäre. Zum Glück hat Johanns Gerede sie ernüchtert. Halbwegs ernüchtert. Was sie so berührt, fast erschüttert hat, war das Alter der beiden. Den Mann schätzt sie auf etwa zwanzig, die Frau auf ungefähr neunzehn, so alt wie dich. Eva blickte in die von jeder Zerstörung freien Augen der beiden, auf die unverwundete Haut ihrer Hände und Gesichter, und in ihrer Vorstellung klangen ihre Stimmen, als schöpften sie aus einem Vorrat von unschuldigen Worten. Als wäre jeder Satz, den sie sich sagten, die Beschwörung eines Schweigens, in dem sie später eins und unzertrennlich sein würden.

In diesem Kneipenklo, die Hände im Schoß vergraben, fröstelnd, muss Eva wie besessen an ihr Alter denken, wieder und wieder sieht sie die Zahl vierzig vor sich, vierzig vierzig vierzig, und obwohl ihr vage bewusst ist, dass vierzig Jahre kein Alter sind, vierzig ist gar nichts, denkt sie, vierzig ist gar nichts, nicht mal für eine Frau, vierzig ist ein Anfang, andere kriegen noch Kinder mit vierzig, viele Frauen, nicht nur Prominente, die es sich leisten können, vierzig ist doch nichts … obwohl sie auch solche Gedanken hat, sagt eine Stimme in ihr mit fürchterlicher Wucht, gegen die sie machtlos ist: Wer so allein ist wie du, bei dem zählen die Jahre doppelt. Einsamkeit macht alt. Alt alt alt.

»Nein«, ruft sie und springt auf und schlägt mit der Stirn gegen die Tür. Sie wimmert, ihr ist schlecht vom Wein, von der Luft, von den Bildern, von den Stimmen, von der einen Stimme, die ihr mit jedem einzelnen Wort ins Herz hämmert, was aus ihr geworden ist. Eigentlich, denkt sie und schiebt den Türriegel auf, schließt kurz die Augen und wäscht sich dann mit kaltem Wasser das Gesicht ab, eigentlich bin ich genauso verloren gegangen wie er, und wenn ich kein Kind hätte großziehen müssen, wäre ich geworden wie er, ein Kreisel, der sich um sich selber dreht. Und im schlimmsten Fall hätten wir uns nebeneinander gedreht, auf der Straße, vor allen Leuten, in Cafés und Kneipen, unempfänglich für den Spott und den Abscheu der Leute.

Nein, sagt sie auf dem Weg in die Gaststube, ich bin nicht wie er und ich werd auch niemals so werden.

»Du …«, sagt er. Sie setzt sich und wirft dem Paar einen schnellen Blick zu. Als die Bedienung kommt und dem jungen Mann das Wechselgeld zurückgibt, würde Eva das Paar am liebsten bitten, noch zu bleiben. Und wenn sie sie gefragt hätten, wieso, hätte sie erwidert: Weil Ihre Anwesenheit mich verschönt.

Mitten in Johanns Redeschwall hinein sagt sie: »Sei jetzt mal still, bitte.«

Sofort hört er auf zu sprechen. Er trinkt sein Glas aus und hält es so lange in die Höhe, bis die Bedienung auf ihn aufmerksam wird. Nachdem sie ihm das Glas abgenommen hat, fängt er wieder an zu reden.

»Sei bitte still«, sagt Eva noch einmal.

Er sieht sie an, seine Augen sind rot und wässrig, sie erkennt sie nicht wieder von früher. Lange betrachtet sie ihn. Und er redet weiter, als hätte sich seine Stimme selbstständig gemacht.

»Zumwoidann.«

Eva wartet, bis die Bedienung gegangen und das junge Paar aufgestanden ist.

»Tschüss«, sagt die junge Frau.

»Ciao«, sagt der junge Mann.

»Auf Wiedersehen«, sagt Eva. Und bevor sich neue Gäste an den Tisch setzen, schiebt Eva die beiden Stühle neben sich ein Stück weg, legt die Hände auf dem Tisch übereinander und dreht Johann nur den Kopf zu und nicht wie vorher den ganzen Körper.

Im selben Moment verstummt Johann.

»Danke«, sagt Eva. Sie ist bemüht, sich von seinem zerstörten Aussehen nicht erschüttern zu lassen. »Ich wollt dich sprechen ... Ich hab ... wie du siehst ... ich hatte einen Unfall, mit dem Rad. Ich hab ... ich hab noch mal Glück gehabt, auch wenn's nicht danach aussieht, ich hätt auch tot sein können ... Ich hab ...« Sie hob ihr Glas an die Lippen und stellte fest, dass es leer war.

»Ich hol dir einen Wein«, sagt Johann.

»Bleib sitzen, hör zu«, sagt Eva. »Ich wollt dich sprechen, weil ... Was ich dir sagen möcht, ist ... Das ist nicht leicht, für mich nicht und für dich wahrscheinlich auch nicht, wir sind beide ... Im Krankenhaus hab ich viel nachgedacht, ich hab gedacht, ich muss ein paar Sachen klären, bevor ich ... bevor ich es nicht mehr tun kann. Noch einen Chianti bitte«

Die Bedienung nimmt das leere Glas mit.

»Ich hab mir eingebildet, ich muss das tun, und ich hab ... also, ich wollt dich sprechen, weil ich dir sagen wollt, dass ich eine Tochter hab und du bist der Vater. Das ist alles. Du bist der Vater.«

Sie hält sich die Hand ans Kinn und atmet durch die Nase. Johann sieht sie an und sagt nichts.

Die Bedienung bringt den Wein und macht mit dem Kugelschreiber einen Strich auf Evas Untersetzer. »Zumwoidann.«

Eva greift zum Glas, ihre Hand zittert. Sie trinkt einen Schluck, stellt das Glas auf den Deckel und hält es mit beiden Händen fest.

»Echt?«, sagt Johann. Sonst nichts. Er trinkt, trinkt, bis das Glas leer ist, und hebt den Arm. »Tochter? Echt?

Hättst sie halt mitgebracht. Die hätt doch mitkommen können …«

Die Bedienung nimmt das Glas aus der Hand am Ende des ausgestreckten Arms. Langsam lässt er ihn sinken. Eva hat den Eindruck, er nehme nach langer Zeit wieder einmal an der wirklichen Welt teil.

»Ja«, sagt sie, »hätt ich machen können.« Und nach einer Pause: »Aber du kennst sie.«

»Echt?«

Jetzt schaut er zum Tresen hinauf, an dem ein Gast sitzt. Dann nimmt er der Bedienung das Glas aus der Hand und trinkt sofort.

»Du kennst sie«, wiederholt Eva. »Sie heißt Liane.«

»Die Liane?«, sagt Johann laut, und der Mann am Tresen dreht sich zu ihm um. »Warum sagt die nichts zu mir? Warum sagt die nichts? Warum sagt die nicht, dass sie meine Tochter ist? Das ist ja ein Hammer. Warum sagt die nichts?«

»Ich hab's ihr verboten«, sagt Eva und denkt, sie habe alles vermasselt. Alles kaputt, alles vorsätzlich und für alle Zeit ruiniert, jede Annäherung unmöglich geworden, jedes Verständnis verloren, jedes Vertrauen vernichtet, zwei Leben doppelt geschunden und eines im Nachhinein beschädigt. Vor Entsetzen vergisst Eva ihre irrsinnigen Kopfschmerzen, die, seit sie von der Toilette zurückgekommen ist, immer unerträglicher wurden. Sie packt Johanns Gesicht mit beiden Händen und sagt: »Verboten, verstehst du mich? Ich hab's ihr verboten. Und jetzt möcht ich, dass du alles wieder vergisst. Vergiss, was ich gesagt hab, es stimmt nicht. Stimmt alles nicht. Ich hab dich angelogen. Ich hab gelogen, Johann.«

Und Johann umfasst ihre Handgelenke, drückt sie von sich weg, sodass Eva sein Gesicht loslässt, stöhnt und ihre Hände aufeinanderlegt wie zum Gebet.

»Die Liane«, sagt er und hat die linke Hand schon wieder an seinem Bierglas. »Die ist klasse, die hast du gut hingekriegt, Emma, die …«

»Ich heiß Eva«, sagt sie aus purem Entsetzen.

»Ja«, sagt er. »Die hat mich interviewt, das musst du dir vorstellen, so haben wir uns kennengelernt, die hat behauptet, sie arbeitet für eine Zeitung oder für den Rundfunk, weiß nicht mehr, sie hat mich was gefragt, Umfrage, sie ist an der Tür gestanden, ganz in Schwarz, erst bin ich echt erschrocken, hab gedacht, die …«

»Johann«, sagt Eva. »Johann, hörst du mich? Hörst du mich?«

Er stutzt, nickt, zeigt auf Evas Weinglas, aus dem sie erst einen Schluck getrunken hat. Dann schaut er wieder zum Tresen, zu dem Mann mit dem breiten Rücken, und hebt sein Glas.

»Auf Liane«, sagt er. »Aus der wird was, aus der wird eine Journalistin, das ist ein Job, da werden immer Leute gebraucht, die Liane hat einen eigenen Stil, das weiß ich, die …«

»Auf Liane«, sagt Eva und trinkt und hört ihm nicht mehr zu. Ihr fällt das Bild ein, das sie mitgebracht hat, und obwohl sie es eigentlich nicht möchte, greift sie hinter sich, um das Foto aus der Tasche zu holen, die über der Stuhllehne hängt.

»'tschuldige«, sagt Johann, steht abrupt auf und zwängt sich zwischen Eva und dem Nebentisch hindurch. Dabei rutscht die Handtasche zu Boden, aber er merkt es nicht.

Als er von der Toilette zurückkommt, liegt ein Fünfzigeuroschein auf dem Tisch, und Eva ist verschwunden.

Ist es so gewesen? Alles, was deine Mutter mir erzählt hat, war, dass er ihren Namen verwechselt, ständig getrunken und geredet hat und dass sie sich plötzlich unsagbar schämte, weil sie glaubte, sie habe euer gemeinsames neunzehn Jahre dauerndes Leben preisgegeben aus einem Bedürfnis nach Ehrlichkeit, das vollkommen nutzlos und lächerlich und egoistisch gewesen sei. Wenn dein Vater auch nicht im Ausland untergetaucht war, wie sie behauptet hatte, so war er doch an einem Land weit außerhalb deiner und ihrer Gegenwart gestrandet, unrettbar.

Das Foto, auf dem du ein Jahr alt bist, hatte sie ihm nicht gezeigt, und obwohl sie die feste Absicht gehabt hatte, es ihm zu schenken, war sie, wie sie sagte, maßlos erleichtert, es wieder in das Album zurücklegen zu können.

Vielleicht schenkst du es ihm eines Tages, du, seine Geliebte, die sein Land erreicht hat.

14

In Volker Thons rauchdurchflutetem Büro brannte nur die Schreibtischlampe. Der Leiter der Vermisstenstelle saß hinter seinem mit Akten überhäuften Schreibtisch auf seinem Stuhl wie jemand, den man vergessen hatte abzuholen. Bei meinem Eintreten zündete er sich gerade ein neues Zigarillo an.

Erst nachdem sich meine Augen an den Dunst gewöhnt hatten, bemerkte ich, dass in dem Ledersessel an der Wand Paul Weber saß, die Ärmel seines weißen Hemdes hochgekrempelt, die aufgebundene schwarze Krawatte hing ihm von den Schultern.

»Guten Abend«, sagte ich.

»Tabor«, sagte Weber und wollte aufstehen, aber ich gab ihm ein Zeichen sitzen zu bleiben.

Volker Thon sah von einer Akte auf, die er vor sich liegen hatte.

»Dieses Mädchen …«, sagte er grußlos. »Liane Woelk, warum sollen wir die suchen?«

»Sie ist eine Zeugin« sagte ich.

»Kann ja sein«, sagte er. »Vor allem ist sie volljährig.«

Ich sagte: »Sie ist verschwunden.«

»Setz dich, bitte«, sagte Thon.

Ich blieb stehen.

»Sie ist nicht verschwunden«, sagte Thon und kratzte sich mit dem Zeigefinger am Hals. »Du bist ihr begegnet. Wir haben schlimmere Fälle zu bearbeiten. Und du …« Er zeigte mit der Mappe auf mich. »Wenn du schon am

Wochenende arbeitest, dann kümmere dich um Fälle, die wirklich dringend sind.« Er legte die gelbe Mappe hin und nahm eine grüne. »Josefa Birgel, schwer suizidgefährdet, ebenso Clara Wolter und Irene Schenk, da sind einige Bekannte noch nicht befragt worden, und bei Frau Schenk müssen wir wahrscheinlich jetzt doch den ADAC einschalten, das wäre eine Aufgabe für dich … Außerdem …« Er ließ die Mappe auf den Tisch fallen und griff wieder nach deiner Akte. »Dieses Mädchen … Dauerläuferin … sie ist inzwischen neunzehn, wir haben da erst mal überhaupt nichts zu tun …«

»Das weiß ich«, unterbrach ich ihn.

»Selbstverständlich weißt du das. Was machst du dann hier?«

»Ich habe Paul versprochen, noch einmal vorbeizuschauen«, sagte ich. »Und du? Was machst du hier? Du hast keinen Dienst. Bist du zu Hause rausgeflogen?«

Er zog am Zigarillo. Dann stand er auf, ging zum Fenster, blies den Rauch gegen die Scheibe, sah Weber und mich an und schüttelte den Kopf. Anders als sonst sah er blass und schlaff aus, mit jedem Zug schien der Rest seiner Vitalität aus ihm zu entweichen.

»Er hat Stress mit der Tochter«, sagte Weber. Es war äußerst ungewöhnlich, dass er das Wort für unseren Vorgesetzten ergriff, Weber hatte ein ähnlich distanziertes Verhältnis zu ihm wie ich.

»Sie ist neun«, sagte Thon. »Neun Jahre. Und führt anscheinend schon ein völlig eigenständiges Leben. Mit neun. Sie sitzt allein in ihrem Zimmer, sie blättert in Büchern, die sie nicht versteht, sie hört Nachrichten im

Radio, sie gibt ihrer Mutter Ratschläge, wenn sie mit Sebastian nicht zurechtkommt. Und gestern …« Er stippte sein Zigarillo heftig in den silbernen Aschenbecher. »Heute früh sagt sie zu mir, sie sagt tatsächlich zu mir: ›Papa, wenn du dich nicht auf uns konzentrieren kannst, dann geh doch besser ins Büro. Wir kommen schon zurecht, sorg dich nicht um uns, wir schaffen das schon, Mama und ich, im Büro hast du sicher viel zu tun.‹ Ich kann das alles gern wiederholen, ich hab mir jedes Wort gemerkt. Wenn du dich nicht auf uns konzentrieren kannst, dann geh doch besser ins Büro … Hab ich dann gemacht. Hier bin ich.«

»Was sagt Vera dazu?«, fragte Weber.

»Sie sagt, ich soll mich nicht aufregen, Claudine ist eben frühreif, sie ist ein waches Mädchen, sie kriegt mit, was los ist. ›Was los ist?‹, sag ich. ›Was ist denn los? Stimmt was nicht? Mach ich was falsch? Bin ich unaufmerksam? Konzentrier ich mich nicht genug auf euch?‹ Und Vera sagt Nein, in ihren Augen ist alles okay, alles okay, Claudine sieht das eben anders.«

Thon breitete die Arme aus. »Sie sieht das anders. Neun Jahre alt und sieht das anders. Ich bin nicht konzentriert genug, ich geh besser arbeiten, für die Arbeit reicht meine Konzentration. Oder seht ihr das anders?«

Wahrheitsgemäß schüttelte ich den Kopf.

»Will jemand einen Fernet?«, fragte Thon.

Niemand widersprach. Jeder von uns trank einen Fernet. Und weil nur Flamingos gut auf einem Bein stehen, tranken wir noch einen zweiten. Und auf die frühreife Claudine noch einen dritten.

»Was soll ich machen?«, fragte Thon. Er hatte sich wieder auf seinen Platz hinter dem Schreibtisch gesetzt, dorthin, wo er nach Meinung seiner Tochter am besten aufgehoben war. So eine Frage hatte er noch nie gestellt, an keinen in unserer Abteilung. Und ohne die drei Fernet hätte er sie auch jetzt nicht gestellt.

»Sprich mit ihr«, sagte ich.

»Fabelhafte Idee!«, sagte er. »Glaubst du, das hab ich nicht getan? Sprich mit ihr! Weißt du, wie sie reagiert? Weißt du, wie meine neunjährige Tochter darauf reagiert, wenn ich mit ihr sprechen will? Ja? Ich verrat's dir: Sie spricht mit mir. Sie redet mit mir, als wär ich irgendein verdammter Gesprächspartner und nicht ihr Vater, verstehst du? Sie antwortet mir, sie stellt Gegenfragen, sie hört mir zu, sie schlägt sogar die Beine übereinander und stützt den Kopf in die Hand. Und sie sitzt an ihrem Tisch, und ich steh da. Ich stehe. Sie sitzt. Fehlt bloß noch, dass ich vor lauter Gegenlicht blinzeln muss. Beim Rausgehen hab ich gedacht, gleich ruft sie mir hinterher: ›Wir rufen Sie dann an, Herr Thon.‹ Ja, sie spricht mit mir, und ich spreche mit ihr. Wir sprechen. Und jetzt bin ich hier, an meinem freien Wochenende. Das ist das Ergebnis des Gesprächs, so sind wir übereingekommen, ich hab zugestimmt, sie hat sich durchgesetzt. Herzlichen Glückwünsch, Fräulein Thon, Sie werden es noch weit bringen im Leben.«

»Sie ist ein Kind, Volker«, sagte Weber. »Sie probiert was aus, sie meint das doch nicht böse, sie ahmt Erwachsene nach, das tun alle Kinder.«

»Ich bin ihr Vater«, rief Thon, schoss in die Höhe,

setzte sich wieder und schlug mit seinem Zweihunderteuroschuh gegen den Tisch. »Sie ahmt keine Erwachsenen nach, sie ist erwachsen! Sie ist genauso erwachsen wie ich, verdammt.«

Danach schwiegen wir. Durch die schlecht isolierten Fenster drangen Straßengeräusche herauf, Autohupen, das Klingeln von Straßenbahnen. Langsam zog der Zigarillorauch ins Vorzimmer.

Weber wuchtete sich aus dem Ledersessel hoch.

»Geh jetzt nach Hause«, sagte er zu Thon. »Ich hab Nachtschicht.«

»Schon wieder?«

Weber nickte und zwinkerte mir zu. Was er mir damit sagen wollte, wusste ich nicht.

»Und du?«, sagte Thon zu mir, und seine Stimme hatte schon fast wieder den üblichen Thonfall. »Hast du auch Nachtschicht?«

»Ja«, sagte ich. »Ich führe noch eine Vernehmung durch.«

»Aber nicht wegen diesem Mädchen, verstanden?«, sagte er.

Ich sagte: »Nein, wegen ihrem Vater.«

Wir blieben beide stehen, zwischen uns der leere Tisch mit dem grauen Wachstuch im gelben Licht der Stehlampe, in einem kühlen Zimmer, das ich noch abweisender fand als beim ersten Mal, abweisend wie die Bewohnerin mit dem verkniffenen Mund, für die ich ein Eindringling war, der ihr den Frieden rauben wollte.

»Sie haben mich angelogen, Frau Farak«, sagte ich.

»Ihr Sohn wusste, dass er eine Tochter hat, und deswegen ist er zu Ihnen gekommen.«

»Nein«, sagte sie, und mir fielen wieder ihre Lippen auf, zwei Striche, so schmal wie Fehler auf der Haut.

»Er war hier«, sagte ich. »Ich habe den Rauch seiner Zigaretten und sein Rasierwasser gerochen.«

»Sie sollten mal einen HNO-Arzt konsultieren.«

Ich schwieg.

Dann machte ich einen Schritt zurück, auf den Heizkörper unter dem Fenster zu, der ein wenig Wärme abstrahlte. Aus drei Metern Entfernung beobachtete deine Großmutter jede meiner Bewegungen, jedes Heben meines Kopfes, jede Geste, jedes Luftholen. Mit den Händen hinter dem Rücken stand sie da, eine Frau von achtundsechzig Jahren, die man ebenso gut auf Mitte siebzig hätte schätzen können.

Es war Sonntagabend gegen halb neun, und ich fragte mich, was sie getan hatte, bevor ich kam. Keine Zeitung lag herum, der Fernseher war ausgeschaltet, nirgends benutztes Geschirr, die Rollos waren heruntergelassen, das Verkehrsrauschen von der nahen Autobahn schien weit entfernt zu sein. Auch aus dem Haus waren keine Geräusche zu hören. Als liege diese Wohnung abseits der wirklichen Welt, nur von einem Menschen bewohnt, einer in sich vergrabenen, lichtlosen Frau.

»Warum leben Sie hier?«, fragte ich. Sie antwortete nicht, und ich fuhr fort: »Ihr Mann war Zahnarzt, er hat gut verdient, er muss Ihnen doch Geld dagelassen haben, bevor er in seine Heimat zurückging.«

Aus der Felsspalte ihres Mundes echote ein eisiges Wort: »Heimat.«

Doch ihr Blick ließ mich nicht aus, und so sagte ich: »Wenn er Ihnen kein Geld dagelassen hat, muss es einen Grund dafür gegeben haben. Welchen Grund?«

Nichts an ihr verriet eine Reaktion. Sie blinzelte nicht einmal.

»Welchen Grund?«, fragte ich. Dann gab ich mir einen Ruck und ging zwei Schritte auf sie zu. Was sie veranlasste, den Kopf zu senken und auf meine Schuhe zu schauen. Wie jemand, dem es unbegreiflich erscheint, dass ein anderer imstande ist, sich vorwärtszubewegen.

»Es ist niemand hier«, sagte ich. »Nur wir beide. Was Sie mir sagen, erfährt niemand.«

»Sie lügen«, sagte sie schnell.

»Vielleicht Ihre Enkelin«, sagte ich.

Bei diesem Wort ruckte sie mit dem Kopf, zögerte, wie um Mut zu fassen, und verzog den Mund zu einem Lächeln. Es war, wenn ich mich nicht täuschte, ein abfälliges Lächeln, aber es war ein Lächeln und damit eine menschliche Regung.

»Meine Enkelin«, sagte sie.

Ich wartete. Ich würde so lange schweigen, bis sie mich hinauswarf.

»Natürlich war er bei mir«, sagte sie. Das Lächeln war versteinert. »Zu wem hätte er sonst gehen sollen? Diese Frau hatte die Chuzpe, ihm nach neunzehn Jahren ins Gesicht zu sagen, dass sie eine Tochter von ihm hat.« Sie sah mich an, vielleicht in der Hoffnung, ich würde eine Frage stellen. Da ich weiter schwieg, sagte sie: »Er war am Boden zerstört. Und wie zerstört muss er gewesen sein, dass er zu mir kam. Mich hasst er, das haben

Sie wahrscheinlich schon erfahren, von meiner Tochter, die mich auch hasst, weil ich ihren Bruder angeblich schlecht behandelt habe. Was wissen die von mir? Meine Kinder wissen nichts von mir! Und Johann … Er ist ein begabter Junge gewesen, und ich habe versucht, seine Begabung zu fördern, er hat sich geweigert. Er hat sich mit aller Macht dagegen gewehrt …«

Jetzt veränderte sich ihr Blick.

»Würden Sie bitte Abstand von mir halten«, sagte sie. »Das wäre mir angenehm.«

Ich trat einen Schritt zurück, dann noch einen halben.

»Danke«, sagte sie.

Ich sagte: »Was wollte Ihr Sohn von Ihnen, Frau Farak?«

»Was er wollte? Er wollte nichts. Er kam, weil er so besoffen und so verzweifelt war. Wir saßen in der Küche, und er hat geheult. Wie als kleiner Junge. Er hat viel geheult damals, sehr viel.«

Wenn ich mir nicht sicher gewesen wäre, dass ich damit ihre vorübergehende Bereitschaft zu sprechen zunichtegemacht hätte, hätte ich ihr ins Gesicht gesagt, dass ich wusste, warum ihr Sohn damals so viel geheult hatte.

»Und er hat sich geschämt«, sagte sie. »Er hat sie ja gekannt, ist das nicht perfide, was diese Frau angestellt hat? Erst setzt sie ihrer Tochter die Sache mit dem Vater in den Kopf, und dann verbietet sie ihr, es ihm zu sagen. Das ist doch unerhört. Krank ist das. Und dann rennt sie zu ihm und erzählt es ihm auch. Ist die verrückt? Sie kennen die doch bestimmt. Gehört die in die Irrenanstalt?

Die ist doch krank, die ist doch an allem schuld! Dass Johann jetzt verschwunden ist, daran ist doch diese Frau schuld, wer denn sonst? Johann hat nicht mehr ein noch aus gewusst, er war besoffen, natürlich, aber so besoffen war er nicht, dass er nicht begriffen hätte, in welcher Lage er jetzt ist. Auf einmal ist er Vater. Und das hat ihn vollkommen durchgerüttelt, vollkommen außer sich gebracht, und das kann ich nachvollziehen, sehr gut. Spielt doch keine Rolle, ob diese Frau diesen Unfall hatte, das spielt keine Rolle, sie hat Johann in den Ruin getrieben, in den inneren Ruin, der hat sich geschämt, dass er ein Mädchen trifft, das seine Tochter ist, und er ist, wie er ist. Er ist, wie er ist. Was kann er ihr denn bieten? Was? Sie sind der Polizist, was kann er ihr bieten? Sie wissen doch, wie er lebt. Er lebt praktisch auf der Straße, mein Gott, ich weiß, dass er eine Wohnung hat, ich war dort, er hat einen festen Wohnsitz und sogar eine Arbeit, einen Job, ja. Aber er lebt trotzdem wie ein Penner, stimmt das nicht?«

»Nein«, sagte ich.

Die zwei Striche formten noch einmal ein glückloses Lächeln.

»Er hat erkannt«, sagte deine Großmutter, sie sprach jetzt langsam, fast beschwörend, »er hat zum ersten Mal begriffen, wie verpfuscht sein Leben ist. Und das ist es. Und er hat verstanden, dass man so ein Leben niemandem zumuten kann, schon gar nicht einer Tochter. Das hat er verstanden, so besoffen und verdreckt er war, so viel hat sich in seinem Kopf noch bewegt. Und deshalb kam er zu mir. Weil ich ihm einen Rat geben sollte.«

Sie verstummte.

Ich nickte leicht. »Welchen Rat haben Sie ihm gegeben?«

Ohne zu zögern sagte sie: »Diese Frau schnell vergessen. Was denn sonst? So schnell vergessen wie möglich. Er hat mit dieser Frau nichts zu tun, und mit diesem Mädchen auch nicht. Spielt keine Rolle, ob sie vielleicht seine Tochter ist. Das ist ja nicht bewiesen, diese Frau kann das erfunden haben …«

»Warum?«, sagte ich.

»Vergessen, habe ich ihm geraten, schnell vergessen.«

»Aber Johann besuchte Sie noch öfter.«

»Er ist so. Wenn er mal Kontakt aufgenommen hat, dann kommt er immer wieder. Wie ein Tier, so ist der. Er hat mich vier- oder fünfmal besucht. Besucht. Er kam, besoffen wie immer, und heulte. Ich sagte zu ihm, er soll aufhören, ich kann das nicht leiden, so ein Geheule. Er hat dann aufgehört. Er hat mir gesagt, er trifft dieses Mädchen nicht mehr. Das hat mich gewundert, aber er hat behauptet, das stimmt.«

»Ja«, sagte ich. »Zu diesem Zeitpunkt hatte er seine Wohnung schon verlassen.«

»Und wo hat er gewohnt?«, fragte sie mit harter Stimme, beinah, als würde es sie interessieren.

»Auf der Straße, wie Sie sagen.«

Nach langen zwei Minuten fragte sie: »Und jetzt? Wo ist er jetzt?«

»Wissen Sie es nicht?«

»Sonst würde ich Sie nicht fragen.«

»Wir suchen ihn«, sagte ich.

Ihr Kopf sackte nach unten. Sie atmete schwer, ihre Schultern hoben und senkten sich, sie schien gleichzeitig erleichtert zu sein und von einer noch drückenderen Last als bisher gequält zu werden. Sie ließ sogar die Arme hängen, ihr Körper zitterte und ließ ihr Kleid eigenartig rascheln.

»Er hat keinen Ort erwähnt?«, fragte ich. »Keine Stadt, keine Gegend, keinen Menschen, zu dem er wollte?«

»Er war bei mir«, stieß sie hervor. »Ich war der Mensch, zu dem er ging! Er hat mit keinem Wort gesagt, was er vorhat. Dann kam er auf einmal nicht mehr, ich hab mir gedacht, dass er abgehauen ist. Der kommt schon wieder. Vielleicht wird er auf diese Weise endlich mal nüchtern. Der kommt wieder. Wo soll er denn hin? Er ist doch …« Ihr Blick wischte über mein Gesicht. »Er hat nie ein Ziel gehabt … Malen … Malerei … Dazu war er am allerunbegabtesten, zum Malen und … Holz … Ich habe immer geglaubt, das hört irgendwann auf, er begreift seine Situation, er besinnt sich noch, nein … Nein. Nein. Nein.«

Mit dem letzten Nein drehte sie sich um und ging aus dem Zimmer.

Ich folgte ihr in die Küche, wo sie sich hinsetzte. Vor ihr auf dem Tisch lagen mindestens hundert Fotos, viele davon in Schwarzweiß.

Deine Großmutter saß mit dem Rücken zu mir. Ich stellte mich hinter sie und blickte ihr über die Schulter.

Auf allen Fotos, soweit ich es überblicken konnte, war dein Vater zu sehen. Als junger Mann, als Jugendlicher, als Kind, als Baby.

»Hier …«, sagte Hanne Farak und deutete mit dem

Kopf auf eines der Bilder. »Hier ist er ein Jahr alt. Da lacht er schon. Er lacht. Hat er später nie wieder getan, wenn wir geknipst haben. Mein Mann hat dauernd fotografiert. Wozu? Er ist weg und hat kein einziges Foto mitgenommen.«

Auf manchen Bildern hatte dein Vater ein Holzbrett und einen Pinsel in der Hand und blickt ernst und abweisend in die Kamera.

»Sie haben nie wieder von Ihrem Mann gehört?«, sagte ich.

»Nein«, sagte sie, über den Tisch gebeugt. Mit der flachen Hand fuhr sie über die Fotos, mischte sie wie Spielkarten.

»Warum nicht?«, fragte ich.

Sie setzte sich aufrecht hin, hob den Kopf und blickte starr zum Fenster.

»Ich war viel allein«, sagte sie. »Ich habe ihm in der Praxis geholfen, aber ich war trotzdem allein. Und manchmal war ich so allein, dass ich es nicht mehr aushielt. Dann nahm ich Tabletten. Später stärkere Tabletten. Am Wochenende, wenn die Praxis geschlossen war, saß ich oft zu Hause im Dunkeln und redete kein Wort. Kein Wort. Und eines Tages legte ich mich in die Badewanne und schnitt mir die Pulsadern auf. Blöderweise kam mein Mann früher zurück. Er rettete mich. Das war das Ende. Von da an wandte er sich von mir ab. Mit einer potenziellen Selbstmörderin wollte er nichts zu tun haben. Er hat dafür gesorgt, dass die Kinder nichts mitbekamen, das ist ihm gelungen. Meine Verletzungen habe ich geheim gehalten. Natürlich ließ sich mein Mann nicht scheiden, er wollte seine Existenz nicht gefährden. Dann sperrte er seine Praxis zu, hob das ganze Geld von unserem gemeinsamen Konto ab und überwies es nach Ägypten, in seine ›Heimat‹! Ich hatte nichts mehr. Seine Verachtung für mich war grenzenlos. Und jetzt gehen Sie bitte und bringen mir meinen Sohn zurück.«

Sie begleitete mich nicht zur Tür.

Draußen lehnte ich mich gegen die Hauswand, legte den Kopf in den Nacken und blickte in den schwarzen Himmel hinauf. Kein Stern für die Verlorengegangenen, kein einziger.

15

Den Schlüssel hatte Mathilda bei Franz Beck abgegeben. Sie hatte den Bankangestellten gebeten, mir auszurichten, sie fahre nach Münzing zurück, weil sie am Montagmorgen um sieben Uhr in der Gärtnerei arbeiten müsse.

Der Einzelnesser aus dem ersten Stock fragte mich nach dem Stand der Ermittlungen, und ich sagte, wir kämen voran.

»Dass der Farak eine Schwester hat«, sagte Beck an der Tür. »Dass der eine Familie hat, hätt ich nicht gedacht. Wollen Sie was trinken? Jetzt sind Sie ja außer Dienst um diese Zeit, oder nicht?«

»Nein«, sagte ich und machte mich auf den Weg zur Wohnung deines Vaters.

Im Wohnzimmer setzte ich mich auf die Couch, legte die Fernsehillustrierte, deren Programm am achten Oktober endete, auf den Boden und schloss die Augen.

Ich dachte an das Märchen von Hans im Glück und ich sah deinen Vater vor mir und nannte ihn Johann im Unglück. Vielleicht hatte er sich all die Jahre über gewünscht, einmal so zu leben wie der Hans in der Geschichte, »mit leichtem Herzen und frei von aller Last«. Doch das Wünschen half ihm nicht, und als er sich am Ende zu seiner Mutter aufmachte, traf er dieselbe Frau, die er vor zwanzig Jahren verlassen und die ihn geschlagen und eingesperrt hatte. War das sein größtes Unglück: zu erkennen, dass er den verkehrtesten Menschen aufgesucht hatte, den er nur finden konnte? Was hatte ihn getrieben, seine Mutter um Hilfe zu bitten, sie, in deren Nähe er verhungert war, wie jener Hans verhungert wäre, wenn er nicht im richtigen Augenblick jemanden getroffen hätte, der seine Wegzehrung mit ihm teilte? Für Johann war keine Wegzehrung übrig, er zehrte von nichts, dabei ersehnte er nichts mehr als zu teilen, mit dir zu teilen, mit deiner Mutter zu teilen.

War es nicht so?

Er ging zu seiner Mutter, weil er glaubte, sie würde ihn endlich von der Schmach erlösen, als die er seine Existenz betrachtete, und ihm vergeben und sich selbst dazu. Und dann erkannte er, dass sie statt eines Kleides einen Panzer trug, und wenn man die Hand an diesen Panzer legte, froren die Finger fest. So flüchtete er. Wie damals. Doch diesmal wusste er nicht, wohin.

Ich saß in seiner leeren Wohnung, das kleine zerlesene Märchenbuch in der Hand, wo es hieß: »So glücklich wie ich, rief er aus, gibt es keinen Menschen unter der Sonne.«

Vielleicht war er glücklich mit dir, vielleicht mehr als je zuvor, und dann erfuhr er die Wahrheit und traute seinem Glück nicht mehr, dem Anfang, dem ersten Blick, dem ersten Satz.

»Sind Sie Johann Farak?«

»Ja.«

»Ich mach eine Umfrage darüber, wie die Leute in dieser Stadt leben, was sie denken, was sie sich wünschen, haben Sie Zeit, mir ein paar Fragen zu beantworten?«

»Klar, komm rein, ich leb schon lange in dieser Stadt,

ich arbeite hier, ich male hier, ich bin unterwegs, viel draußen …«

»Sie sind Maler?«

»Willst du ein Bier? Hier, trink was, setz dich, zieh deinen Mantel aus.«

»Nein, ich …«

»Die Leute leben hier gut, in dieser Stadt, ist eine reiche Stadt, auf den ersten Blick, jeder kommt zurecht, stimmt nicht, stimmt nicht, das Klima ist kalt, du musst mal hinhören …«

»Was arbeiten Sie?«

»Ich male, nebenher bin ich im Baumarkt, ist dir nicht heiß? Sind mindestens fünfundzwanzig Grad heut, zieh deinen Mantel aus, sieht stark aus, deine Frisur, das macht was her …«

»Sind Sie verheiratet?«

»War ich sozusagen mal, einen Trauschein haben wir nicht gehabt, natürlich nicht, wozu brauchst du die Bürokratie in der Liebe? Ich hol mir noch ein Bier, willst du eins, ich bring dir eins mit …«

»Okay.«

»Okay ist okay, ich bin gleich wieder da, zieh deinen Mantel aus …«

Verzeih mir mein Fantasieren. Hast du auch, wie ich jetzt, die leisen Klänge der Zither gehört, als du zum ersten Mal in dieser Wohnung warst? Erinnerst du dich? Erzähle mir von deinen Erinnerungen, vergrabe sie nicht, sie sind eine große Wirklichkeit.

Um Mitternacht verließ ich die Wohnung deines Vaters und …

Nun ist es wieder Mitternacht, der dreiundzwanzigste Dezember bricht an. Vor einer Stunde klingelte das Telefon, jemand sprach auf den Anrufbeantworter, aber ich habe die Nachricht nicht abgehört.

Zweieinhalb Monate nach dem Verschwinden deines Vaters haben wir noch immer keine Spur von ihm. Nachdem mein Vorgesetzter eingesehen hatte, dass es im Fall deines Vaters nicht um das verbriefte Recht auf freie Entfaltung der Persönlichkeit geht und er die Hinweise auf Johanns Selbstmordabsichten ernst nehmen muss, fütterten wir das INPOL-System mit neuen Informationen, die Landeskriminalämter verschickten Sammelfernschreiben, die Zeitungen veröffentlichten Fotos. Darüber hinaus leitete das Bundeskriminalamt eine Auslandsfahndung ein, was bedeutete, dass die Daten deines Vaters auch in Ländern wie Frankreich, Belgien, Italien oder Griechenland mit denen von unbekannten Toten verglichen werden. Auch die Auslandsvertretungen der deutschen Regierung erhielten dieses Fernschreiben. Wir dachten, jemand, der so viel redet wie dein Vater, müsste auffallen und den einen oder anderen Zuhörer dazu bewegen, die deutsche Botschaft oder eine andere Einrichtung um Hilfe für den offensichtlich verstörten Mann zu bitten.

Meine Kolleginnen Sonja Feyerabend und Freya Epp führten noch einmal Gespräche mit Andrea Langer, deiner Tante Mathilda, deiner Großmutter Hanne und natürlich mit deiner Mutter, die uns, was deinen Vater betraf, keine neuen Hinweise geben konnte.

Dafür riefst du an, sogar ein zweites Mal, nachdem

du mich am achten Dezember beim ersten Mal nicht erreicht hattest.

Das war ein großer Schritt, Liane. Weder dein Großvater noch dein Vater haben je wieder ein Wort an ihre Angehörigen gerichtet, du bist die Erste in eurer Familie. In dieser Familie der Weggehenden, hinter denen sich eine Wand schloss. Du hast, wie ich dir am Anfang schrieb, die Tapetentür geöffnet. Du hast sie erkannt und weißt genau, niemand, ich am wenigsten, wird dich durch sie hindurchgeleiten. Doch vielleicht ist das nicht nötig. Vielleicht reicht es, wenn du winkst und deine Mutter dich aus der Entfernung sieht.

»Ich bin in Berlin«, hast du gesagt, und deine Mutter habe alles kaputtgemacht. Und: Du würdest nicht eher zurückkommen, bis dein Vater wieder aufgetaucht sei. Und: »Ich hasse München.« Und: Ich solle bloß keine Bullen hinter dir herschicken, wenn ich das täte, würdest du nicht einmal zur Beerdigung deiner Mutter zurückkommen. Und: Ich könne deiner Mutter sagen, dass du dich gemeldet hast, aber nicht, von wo. »Wie geht's dir?«, fragte ich dich, und du: »Gut. Ich mach Musik, und tschüss.« Dann war unser Gespräch zu Ende.

Wie du es erlaubt hast, habe ich deiner Mutter gesagt, dass du dich gemeldet hast und dass es dir gut geht. Sie glaubte mir nicht, als ich erklärte, ich wisse nicht, woher du angerufen hast. Ich habe das Versprechen, das ich dir gegeben habe, nicht gebrochen.

Dennoch weiß ich, wo du wohnst, Liane. Wir haben deinen Anruf, den du von einem Handy aus geführt hast, zurückverfolgt, was, wie ich dir sagen muss, keinen sehr hohen technischen Aufwand bedeutet. Den Kollegen in Berlin hatte ich deine Beschreibung übermittelt, und sie hatten keine Schwierigkeiten, dich zu identifizieren. Einer von ihnen besuchte sogar einen deiner Auftritte am Prenzlauer Berg, er sagte mir, du seist eine wunderbare Sängerin, nur die Band tauge nicht viel.

»Is'n bisschen wie bei Janis Joplin, wa?«, meinte der Kollege am Telefon. »Geile Stimme, aber die Full Tilt Boogie Band war doch eher voll tilt gewesen, wa?«

Niemand hat dich belästigt, Liane. Du wirst nicht beschattet, alles, worum es mir ging, war, eine Adresse herauszufinden, an die ich dir schreiben kann. Noch in der Nacht nach unserem Gespräch begann ich mit diesem Bericht. Du hast mich ermutigt, und ich leihe mir Mut von dir für meine Wörter.

Seit deinem Verschwinden hatten wir im Dezernat 11 neun weitere Vermissungen, die alle gut ausgegangen sind, wenn dies die passende Formulierung dafür ist, dass wir die vermisste Person gefunden haben oder diese freiwillig zurückgekehrt ist und nun ihr altes Leben weiterführt, in der alten Enge, mit der alten Ratlosigkeit. Einmal, an einem späten Freitagnachmittag, ging ich während einer Dienstbesprechung zum Fenster und öffnete es, da Sonja den Rauch von Thons Zigarillo nicht länger aushielt, und ich sah hinunter auf die Straße und den Platz vor dem Hauptbahnhof, und da stand ein Mann, dem ich schon einmal begegnet war. Der Mann vom Ufer des Kleinhesseloher Sees, der sich Raphael nannte und mir versicherte, ich wisse, was ich tun müsse, ich wisse es genau. Reglos stand er am Straßenrand, den knorrigen Stock in der Hand, der lange Mantel schleifte über die Erde. Und für einen Moment blickte er zu mir herauf, und ich war mir sicher, er wollte mich ein zweites Mal ermuntern und musste erkennen, dass es zwecklos war.

Nach einer gewissen Zeit, wenn man die Aussagen der Angehörigen, Freunde, Bekannten, Arbeitskollegen so oft gelesen hat, dass man manche Passagen auswendig hersagen kann, verschwindet die Zuversicht von allein. Sie ist fort wie die Person, der sie gegolten hatte, und wie diese wird sie nicht zurückkehren. Wir im Dezernat wissen es, die Angehörigen und Freunde wissen es, und alle tun wir dennoch so, als glaubten wir an ein Wunder.

Und als ich den Mann, der sich Raphael nannte, dort unten stehen sah, dachte ich: Vielleicht hat der Schein der vier Kerzen, die ich in der Josephskirche angezündet hatte, die Finsternis, aus der wir unsere Furcht herholen, durchdrungen und die Gesetze der Logik eines jeden Kriminalisten außer Kraft gesetzt.

Manchmal passieren solche Wunder, heißt es.

Niemandem, nicht einmal meinem besten Freund Martin, habe ich von der Begegnung mit Raphael erzählt, nur du weißt davon, wie von so vielem anderen, das außerhalb dieses Berichts nirgendwo existiert.

Was ich dir damit sagen wollte? Ich weiß nicht, ich habe in die Zimmer deiner Familie gesehen und brachte die Augen nicht mehr zu. Ich konnte nicht mehr wegsehen. Warum nicht? Warum nicht?

Du siehst, jetzt stelle ich die Warum-Fragen und ich

weiß keine Antwort. Wenn wir deinen Vater gefunden hätten, würde es diesen Bericht nicht geben und du wärst vielleicht nicht in Berlin und deine Mutter …

Wir führen kein Leben im Konditional, du hast das längst begriffen. Deine zwei Anrufe sind der Beweis.

In meinem Beruf aber treffe ich dauernd auf Menschen, die hätten, würden, wären, die auf eine unheimliche Weise niemals in ihrer eigenen Gegenwart ankommen. Als wären sie eines Morgens in einen Wald geraten und hätten nicht mehr herausgefunden.

So wie dein Vater. Wie gerne würde ich mit ihm sprechen, ihm zuhören, egal, wie viel er sabbelt, ich hätte die Geduld …

Hätte, würde.

Die Geschichte von Johann Farak, deinem Vater, von dem du nichts wusstest, endet ohne Ende. Du musst mir nicht antworten, Liane, nicht mir.

Es hat angefangen zu schneien.

Im Flur blinkte das rote Licht des Anrufbeantworters, ich hatte vergessen, ihn abzuhören. Ich drückte den Knopf.

»Kollege Süden, grüß Gott«, sagte eine männliche Stimme. »Kollege Biller hier, vom Zweiundvierziger. Wir haben eine männliche Leiche im Nymphenburger Park aufgefunden, heut Abend. Keine Papiere. Sieht nach Selbstmord aus, die Untersuchung läuft. Wir haben vorhin die Beschreibung mit Vermissten im Computer abgeglichen, und da sind wir auf Ähnlichkeiten gestoßen, Sie haben doch den Fall bearbeitet von diesem …«

Durch das offene Fenster wehen Schneeflocken herein, sie schmelzen und verwandeln sich in das Weinen der Schutzmantelmadonna.

Friedrich Ani
Das Gelöbnis des gefallenen Engels
Ein Fall für Tabor Süden
st 5299. 198 Seiten
(978-3-518-47299-6)
Auch als eBook erhältlich

Ein Schuster auf Abwegen

Maximilian Grauke hat seine Frau ohne Erklärung verlassen. Ein Schuster, der sein eintöniges Leben hinter sich lassen will – so scheint es zumindest. Doch Grauke ist nicht zum ersten Mal verschwunden. Und die Befragung seiner Frau und ihrer Schwester lässt mehr Fragen offen, als sie beantwortet. Je tiefer Kommissar Tabor Süden in die Welt des verschwundenen Mannes eintaucht, umso mehr erscheint sie ihm in einem völlig neuen Licht.

»Dank der Tiefenschärfe, mit der Süden die Menschen analysiert, dank seiner Einfühlsamkeit und eigenen Versehrtheit bahnt sich hier eine Roman-Reihe an, die das Potential hat, zu Simenon'schen Dimensionen zu wachsen.«
Süddeutsche Zeitung

Ausgezeichnet mit dem Deutschen Krimipreis

suhrkamp taschenbuch

Weitere Informationen erhalten Sie unter www.suhrkamp.de
oder in Ihrer Buchhandlung.

Friedrich Ani
Der Luftgitarrist
Ein Fall für Tabor Süden
st 5298. 197 Seiten
(978-3-518-47298-9)
Auch als eBook erhältlich

»Spannend, einfühlsam und lebensnah!«
Welt am Sonntag

Bei der ersten Stadtmeisterschaft im Luftgitarrespielen ist Südens Kollege Martin Heuer nach der Vorrunde zweitbester Teilnehmer – da ist plötzlich sein härtester Konkurrent unauffindbar. Gemeinsam mit Süden und dem Team vom Dezernat 11 macht sich Heuer auf die Suche: Sie finden einen Abschiedsbrief und eine Frau, die taub ist und alles versteht, aber nichts sagen will …

»Anis Romane sind voll von den sogenannten kleinen Leuten, und wie er von ihnen erzählt, gibt ihnen, auch wenn es ein großes Wort ist: Würde. Und spannend sind sie außerdem – selbst wenn von vorn bis hinten kein Mord passiert.«
Frankfurter Rundschau

Verfilmt von Dominik Graf,
mit Ulrich Noethen als Süden

suhrkamp taschenbuch

Weitere Informationen erhalten Sie unter www.suhrkamp.de
oder in Ihrer Buchhandlung.

Ausgezeichnet mit dem Deutschen Krimipreis

Friedrich Ani
Der Straßenbahntrinker
Ein Fall für Tabor Süden
st 5297. 202 Seiten
(978-3-518-47297-2)
Auch als eBook erhältlich

Das Leben ein Schauspiel

Tabor Süden hat Urlaub, baut Überstunden ab und tut wenig anderes, als sich durch München treiben zu lassen. Doch dann wird er überraschend ins Dezernat 11 gerufen: Dort nervt ein Mann alle Kommissare, und sie werden ihn nicht mehr los. Jeremias Holzapfel kam auf die Vermisstenstelle, um mitzuteilen, er sei wieder da. Kurios daran ist nur: Niemand hat ihn als vermisst gemeldet! Und so nimmt sich Süden dieses seltsamen Rückkehrers an – und tritt mit ihm eine Reise in eine schmerzhafte Vergangenheit an ...

»Man spürt, dass da einer erzählt, der sehr genau zuhören kann.«
NZZ am Sonntag

»Friedrich Ani beherrscht sein Handwerk perfekt, das merkt man an jeder Zeile. Er kann Dialoge schreiben und in wenigen Sätzen vielschichtige Figuren entwerfen. Und genau deshalb gehört sein neuer Roman zur Sorte souveräner Genre-Literatur, die es in Deutschland bisher kaum gegeben hat.« *Perlentaucher*

suhrkamp taschenbuch

Weitere Informationen erhalten Sie unter www.suhrkamp.de
oder in Ihrer Buchhandlung.

Friedrich Ani
Der Narr und seine Maschine
Roman
Ein Fall für Tabor Süden
st 5020. 142 Seiten
(978-3-518-47020-6)
Auch als eBook erhältlich

»Ein berührender, trauriger und sehr schön geschriebener Roman.«
stern

Friedrich Ani lässt seinen Ur-Ermittler Tabor Süden wiederauferstehen und bringt ihn auf die Spur des Autors Cornelius Hallig. Schon bald wird Süden sich der Parallelen zwischen seinem Leben und dem des Autors bewusst. Und so gerät die Suche nach Hallig letztlich zu einer Suche nach sich selbst.

»Dass es Ani schafft, in dieser dunklen Seelenwelt unter dezentem Einsatz religiöser Motive ein paar menschenfreundliche Lichter anzuzünden, nimmt den Leser für die Weltabgewandtheit seiner beiden Leidensmänner, die das Lächeln verlernt haben, ein.«
Hannes Hintermeier, Frankfurter Allgemeine Zeitung

»Er macht nicht viele Worte, aber es sind immer die richtigen.«
Sylvia Staude, Frankfurter Rundschau

suhrkamp taschenbuch

Weitere Informationen erhalten Sie unter www.suhrkamp.de
oder in Ihrer Buchhandlung.

Friedrich Ani
Letzte Ehre
Roman
st 5246. 270 Seiten
(978-3-518-47246-0)
Auch als eBook erhältlich

»Düster und traurig und unglaublich packend.«
Die Presse

Die Suche nach einem verschwundenen Mädchen wird mehr und mehr zu einem Horrortrip durch die Abgründe männlicher Machtfantasien und die Verwüstungen, die sie hinterlassen. Kommissarin Fariza Nasri gerät in einen Strudel der Gewalt, der sie immer weiter mitreißt, bis sie darin zu ertrinken droht. Ein packender, schmerzhafter und düsterer Roman.

»Ani entlarvt aufs prächtigste die Selbstherrlichkeit seiner Geschlechtsgenossen.«
Kölner Stadt-Anzeiger

»Hard-boiled-Plot trifft auf empathische Figurenzeichnungen, auf psychologisch feinsinnig konstruierte Dialoge und auf eine literarisch gehobene Sprache, die Friedrich Ani an keiner Stelle entgleitet, obschon er als männlicher Autor das Wagnis einer weiblichen Erzählstimme eingegangen ist.«
Deutschlandfunk

suhrkamp taschenbuch

Weitere Informationen erhalten Sie unter www.suhrkamp.de
oder in Ihrer Buchhandlung.